Unicorn
独角兽书系

ВИКТОР ПЕЛЕВИН

维克多·佩列文
作品系列

奥蒙·拉

[俄] 维克多·佩列文/著
姜训禄/译

重庆出版集团 重庆出版社

Omon Ra
Russian text copyright © 1992 by Victor Pelevin
Simplified Chinese publishing rights are acquired via FTM
Agency, Ltd., Russia, 2022
Through BIG APPLE AGENCY, INC., LABUAN, MALAYSIA
Simplified Chinese edition copyright: 2024 Chongqing Publishing House Co., Ltd.
All rights reserved.

版贸核渝字(2022)第130号

图书在版编目(CIP)数据

奥蒙·拉/(俄罗斯)维克多·佩列文著;姜训禄译. —重庆:重庆出版社,2024.8
ISBN 978-7-229-17950-2

Ⅰ.①奥… Ⅱ.①维… ②姜… Ⅲ.①长篇小说—俄罗斯—现代 Ⅳ.①I512.45

中国国家版本馆CIP数据核字(2023)第171466号

奥蒙·拉
AOMENG·LA

[俄]维克多·佩列文 著
姜训禄 译

责任编辑:邹 禾 陈 垦 魏映雪
装帧设计:谢颖设计工作室
责任校对:廖应碧
排版设计:池胜祥

重庆出版集团 出版
重庆出版社

重庆市南岸区南滨路162号1幢 邮政编码:400061 http://www.cqph.com
重庆市鹏程印务有限公司 印刷
重庆出版集团图书发行有限公司 发行
E-MAIL:fxchu@cqph.com 邮购电话:023-61520646
全国新华书店经销

开本:890mm×1230mm 1/32 印张:6 字数:110千
2024年8月第1版 2024年8月第1次印刷
ISBN 978-7-229-17950-2
定价:48.00元

如有印装质量问题,请向本集团公司调换:023-61520678

版权所有 侵权必究

致敬苏维埃太空英雄

I

奥蒙①，一个不怎么常见，或许也算不上现存最好的名字。父亲就是这么称呼我的。他在警局干了一辈子，并且希望我也能成为一名警察。

"听着，奥姆卡，"他喝了酒之后常常对我说，"你要去警局工作，就叫这个名字，要是能入党的话……"

虽然父亲有时候不得不开枪打人，但他心术不坏，骨子里性格开朗，富有同情心。他非常爱我，而且希望我最好能做成他自己没能做到的事情。他想在莫斯科郊外弄块儿地，种点甜菜和黄瓜，目的并非去市场上售卖或者自己吃（当然不免也会这么干），而是能光着膀子，拿上铁锹，翻翻土，看着蚯蚓和其他一些地下生物在蠕动，再就是为了有机会推着一小车粪肥穿过整个村，在别人的篱笆门前停下来说说笑。当明白这一切永远不会实现时，他开始寄希望于克里沃玛佐夫兄弟里哪怕有一个能过上幸福生活（父亲想让我的哥哥奥维尔做一名外交官，但他在四年级时死于脑膜炎，我只记得他额头上有个椭圆形的大胎记）。

我对父亲为我制定的规划并没有多大信心——他本人只

---

① OMOH原意是苏联时期的特种警察部队，执行维稳、反恐、防暴等特殊任务。2012年俄罗斯将其更名为特别用途机动单位，但保留原有俄文缩写，后被编入新成立的俄罗斯国家近卫军。

I 003

是个党员，有一个好名字——马特维①，但他工作多年为自己挣得的只有一笔微薄的退休金和晚年孤独的酗酒。

我对母亲的印象很模糊，只记得醉醺醺的父亲穿着制服，试图从枪套里拔出手枪，而她披头散发，泪流满面，抓着父亲的手大喊："马特维，冷静冷静！"

她在我很小的时候就去世了，而我在姑妈家长大，每逢周末跟父亲见一面。他总是蓬头垢面、满脸通红，油迹斑斑的睡衣上歪歪扭扭地挂着一枚让他引以为傲的勋章。房间里臭气熏天，墙上挂着一幅米开朗基罗的壁画《创世纪》的仿制品，大胡子上帝飘在仰卧的亚当上方，把手伸向人类纤细的手指。这幅画对父亲的心灵产生了奇异的影响，大概是让他想起了往事。我一般坐在他房间的地板上把玩铁轨模型，而父亲则在沙发上打呼噜。有时他会醒过来，眯着眼看着我，然后撑着地板，从沙发上探过身来，向我伸出满是青筋的大手，而这时候我应该抓住他的手。

"你姓什么？"他问。

"克里沃玛佐夫，"我假装害羞地笑着答道。他摸摸我的头，喂我吃糖。这一切他做得都是如此机械，我甚至没反感。

---

①"马特维"这个名字的涵义是"耶和华的礼物"，即英文中的"马太"，因此作者说这是一个"好名字"。

至于姑妈,我没什么好说的——她对我漠不关心,总是想法让我尽量待在少先队夏令营和日托班①里,顺便说一句,直到现在我才体会到"日托班"这个词的美妙。

我的童年,这么说吧,只留下些有关天空的幻想。当然,这并不是我早年的人生——更早些时候,有一个宽敞明亮的房间,都是孩子,地板上堆放着硕大的塑料积木;还有木滑梯的阶梯,上面结了冰,我急匆匆沿台阶走上去;院子里还有开裂的青年号手彩绘石膏像以及许多其他东西。但很难说看到这一切的那个人是我。人在童年时期(或许就像死后一样)没有定型,可以认为,此时这个人还不存在。只有在晚些时候,当人有了一个自己向往的方向之后,他的身份才会显现。

我住在"太空"影院附近。一支金属火箭由细长的钛合金柱子架着,高耸在我们城区之上,就像一把巨大的弯刀插在地上。奇怪的是,我的身份并非始于这支火箭,而是小区儿童游乐场的一架木制飞机。其实也算不上一架飞机,只是一个开了两扇窗口的小屋,维修的时候用拆除的栅栏板钉了机翼和尾翼,周身涂上绿漆,还画上几颗大红星星。里面可以容纳两三个人,还有一个小阁楼,上面开了一个三角形窗

---

① 苏联小学实行的一种制度,即学生在校时间延长到父母下班时间的制度。

口,可以看到兵役局的墙。孩子们私下约定,这间小阁楼是驾驶舱,一旦飞机被击中,优先跳伞的是机舱里那些人,只有飞机轰鸣着快要撞向地面时,飞行员才能在其他人之后跳出来——当然,前提是还来得及的话。我总是把自己想象成一名飞行员,甚至还学会了在兵役局砖墙上臆想出天上飘着的云和下面游动的地面,透过兵役局的窗可以看到毛茸茸的紫罗兰和落满灰尘的仙人掌。

  我非常喜欢有关飞行员的电影,童年时期感受最深的一次体验就与这样一部电影有关。有一年十二月份,在一个漆黑的夜晚,我打开姑妈家的电视,在屏幕上看到一架晃着机翼的飞机,机身上有黑桃A和十字架的图案。我凑近屏幕,一个庞大的座舱罩突然出现在屏幕上:厚厚的玻璃后面露出一张非人的脸,微笑着,头戴滑雪运动员一样的护目镜和头盔,还扣着闪亮的胶皮耳机。飞行员正向我挥手,手上戴着黑色喇叭口手套。接着屏幕上出现了另一架飞机的机身,镜头是从舱内拍摄的:两套一样的操纵杆后面是两个身穿短皮袄的飞行员,他们透过钢条裹边的有机玻璃,密切注视着近在咫尺的敌方战机的动向。

  "ME-109型战斗机[①],"一名飞行员对另一名说道,"他

  [①] 二战期间纳粹德国空军的主力战斗机之一,又称Bf-109战斗机或梅塞施密特-109战斗机。

们要射击了"。

另一名面容英俊枯瘦的飞行员点点头。

"我没生你的气,"他说,显然是在继续被打断的对话,"但你记住:我希望你能和瓦里娅好一辈子……直到死为止。"

屏幕上后来的画面我就不记得了。我的思绪被一个想法打断,甚至不是一个想法,而是一闪而过的念头(仿佛这个想法本身已经在我脑袋旁边的某个地方游荡着,刚刚只是和我的脑袋擦了个边)。我在想,如果我只是看着屏幕,就能想象出穿短皮袄飞行员从驾驶舱里看世界的视角,那么在没有电视的时候也没什么能妨碍我潜入这个或其他任何驾驶舱,因为飞行不过是一系列感觉,而我早就学会了伪造其中主要的感觉。我坐在插着红星机翼的小木屋里,看着被想象成天空的兵役局墙壁,嘴里轻声哼着。

这种模糊的想法让我心潮澎湃,以至于我并没有留意电影的其余部分,直到屏幕上出现一道烟雾轨迹,也或者是一列迎面停放的敌机,我才回到电视的世界里。"这就是说,可以用自身视角向外看,像从飞机里向外看一样,其实从哪里看并不重要,重要的是看到了什么……"从那时起,在冬天的街道上闲逛时,我经常想象自己驾驶飞机在白雪皑皑的原野上空飞翔;转弯的时候,我斜着头,世界便乖乖地向左或向右倾斜。

虽然，那个能被我坚定地称作自我的人是后来才逐渐成型的。但那一刻"我"意识到，除了天空这个蓝色薄膜以外，我还可以奔向漆黑无垠的太空。这是我真正身份的第一次闪现。这一刻还是发生在那个冬天的晚上，当时我在国民经济成就展览馆附近闲逛，走在一条空荡荡、幽暗的林荫路里，地上铺满了积雪，突然，左边传来一阵嗡嗡声，就像一部巨型电话的铃声。我转过身看到了他。

他悬在半空中，身子微微后仰，就像坐在圈椅里一样，慢慢地向前飘浮，而他身后的几条安全绳也慢慢舒展开。头盔的黑色玻璃上面反射着三角形的眩光，但我清楚，他能看见我。他可能已经死了几百年了。他的双臂坚定地伸向星空，而双腿却不需要任何支撑。这一刻我彻底明白了，能给人真正自由的只有失重。因此，西方的广播和各种版本的索尔仁尼琴作品一直都让我觉得如此无聊。明白了和平与自由不可能在地上实现之后，我在心里开始向往高处。我选择的路所要求的一切都顺从了我的良心，因为良心在召唤我进入太空，从而使得我对地球上发生的事兴趣寥寥。

我看到的只是展览馆墙壁上一幅被聚光灯照亮的马赛克画，描绘的是一名在外太空的宇航员，但那天它在一瞬间告诉我的东西比之前我从几十本书上知道的还要多。我盯着它看了很久很久，忽然觉得有人在看我。

我回过头，看到身后有一个与我年龄相仿的男孩。他看起来相当与众不同，戴着皮质头盔，头盔上扣着亮闪闪的胶皮耳机，脖子上一副塑料泳镜来回晃动。他高我半个头，年龄可能比我还大一点。当他走进聚光灯照亮的区域时，举起戴着黑手套的手，抿嘴冷笑，印有黑桃A战机驾驶舱里那个飞行员形象在我眼前一闪而过。

他叫米季科。虽然我们不在同一所学校，但住宿地点其实很近。米季科对很多事情都持怀疑态度，但有一件事他非常肯定，那就是他会成为一名飞行员，然后飞往月球。

II

人生的整体轮廓和那些经常发生在这个人身上但并未引起他重视的琐事之间似乎存在着某种奇妙的对应关系。现在我很清楚,我的命运在我还没有认真思索它该是什么样子的时候,就已经被确定了,而且,还是以简化的形式呈现在我面前。也许,这是未来的回声。或许,我们认为是未来回声的东西,实际上是未来的种子,在那一刻落地生根。待我们回过头再看,发现这其实是从未来传来的回声。

总之,七年级毕业的那个夏天,烈日炎炎,尘土飞扬。关于那个夏天的前半段,我唯一记得的就是沿着莫斯科郊外的一条公路骑行了很久。在我的"运动"牌半竞赛型自行车后轮上,我装了一个硬纸板折成的特制棘轮,用晾衣夹固定在车架上。骑行时,纸板碰撞辐条,会发出急促、低微的哒哒声,听起来就像飞机引擎的声浪。当我从柏油堆上疾驰而下时,我一次次地变身为扑向目标的战斗机,而且往往不是苏联战机,但错不在我。因为在刚入夏的时候,我听到有人唱了一首傻不啦唧的歌,其中有句歌词是:"我的'幻影'①,像

---

①幻影战斗机,法国从20世纪50年代开始研制的一种喷气式战斗机。《幻影》是1965年的一首苏联歌曲,作者佚名,歌颂苏联飞行员在越南战争中支持北越的英勇事迹,实际上,歌曲的内容基本上来自苏联出兵越南的谣言,是一些带有爱国激进情绪的臆想。1965年开始,苏联确实对北越给予了一些军事技术援助,但主要是防空导弹系统和相关人员培训方面的支援,并未派出战机。

颗疾驰的子弹,在湛蓝澄净的天空轰鸣爬升。"不得不说,我很清楚这首歌有多傻,但这并不妨碍我深受感动。我还记得哪些歌词呢?"我看到天上有条机尾云,远处是我的家乡得克萨斯。"还有父亲、母亲以及什么"玛丽",因为歌里连她姓什么都提了,所以听起来像真事儿一样。

七月中旬,我回到了莫斯科,后来米季科的父母给我们搞到了"火箭"夏令营的介绍信。这是去南方的一个普通夏令营,可能比其他夏令营要好一些。我只清楚地记得我们在那里度过的头几天,不过也正是在那时,发生了所有那些后来再看十分重要的事情。在火车上,我和米季科在车厢里跑来跑去,把我能找到的每个瓶子都扔到马桶里,瓶子落到排污口下疾驰而过的轨道上,撞碎,听不到声音。一首萦绕在我脑海里的歌曲给这个普通的行为赋予了为越南的自由而战的意味。次日,乘坐同列火车的整队人马在南部城镇一个潮湿的车站下了车。清点完人数后我们便坐上了卡车。我们沿着山间蜿蜒的道路行驶了很久,随后大海从右侧映入眼帘,五颜六色的房子向我们迎面而来。我们在一个柏油操场下了车,排好队,沿着柏木楼梯走向小山丘顶上一个扁平的玻璃建筑。这里是食堂。尽管已经到了晚餐时间,但等着我们的,只有一份凉透的午餐,因为我们比预期晚到了几个小时。午餐是拌着零星几根通心粉的汤、鸡肉饭和糖煮水果,相当难吃。

食堂的天花板上悬着一根根线，上面沾满了黏糊糊的厨房油渍，线上挂着纸板做的宇宙飞船。我看着其中的一艘出了神。不知是哪位装饰工在飞船上用了不少锡箔纸，并且在上面密密麻麻写满了单词"CCCP"[①]。这艘飞船就挂在我们那张桌子前面，在夕阳的映衬下锡箔纸闪烁着橙色光芒。我突然觉得这就像地铁列车的前照灯在漆黑的隧道里闪闪发光。不知为何我有点难过。

而米季科却相反，他很健谈，也很快活。

"有一些宇宙飞船是二十年代的，"他用叉子向上指了指说，"有些是三十年代的，五十年代的占三分之一，等等。"

"二十年代还有哪些宇宙飞船？"我无精打采地问道。

米季科思索片刻。

"阿列克谢·托尔斯泰描述过一些这么大的金属蛋，里面每隔很短一段时间就会发生爆炸，为运动提供能量。"他说，"这就是基本原理。嗯，或许有许多方案。"

"所以说它们也从未真正地飞上天。"我说。

"这些也飞不起来。"他指了指我们正在谈论的飞船说道。飞船被穿堂风吹得微微摇摆。

"以前我很喜欢粘塑料飞机，"我说，"还有拼装模型，

[①] 俄语"苏联"的缩写形式。

尤其是军事模型。"

"我也是,"米季科说道,"也是很久以前这么干过。"

"我喜欢东德的模型套装,我们的套装里往往没有飞行员。驾驶舱里空无一人,就会出现这种骗人的买卖。"

"没错,"米季科说,"你怎么开始说这个了?"

"我在想,"我用叉子指着挂在餐桌前的纸板飞船说,"里面有人吗?"

"不知道,"米季科说,"确实,有点意思。"

营地位于山的缓坡上,山坡下面是个类似公园的地方。米季科不知道去哪了,于是我独自一人去了那里。走了几分钟,我来到一条长长的、空无一人的柏树林荫路,里面光线比较暗淡。沿着柏油人行步道,一条长长的铁丝网向远处延伸,铁丝网上挂着印有图画的三合板。第一幅画上是一名少先队员,长着一副很普通的俄国面孔,目视前方,将一把挂小旗的铜号压在大腿上;第二幅画上还是那个少先队员,腰里挂着一面鼓,双手拿着鼓槌;在第三幅画上他行着队礼望向远方。

我被柏油路的坑洼绊了一下,随即将视线移到了下一块三合板上——还是一名少先队员,但穿着宇航服,手里拿着红色头盔,头盔上有"苏联"字样和尖头天线;下一位少先队员从飞行的火箭中探出身子,用一只戴着笨重手套的手敬礼。最后一名少先队员穿着太空服，站在亮黄色的月球表面，旁边是一艘宇宙飞船，很像食堂里的纸板火箭。少先队员被裹得只露出眼睛，和其他三合板上的人一模一样。因为面孔的其余部分都被头盔遮住了。

一阵急促的脚步声从身后传来，我转身看到了米季科。

"没错。"他走到近旁说道。

"什么没错？"

"你看，"他伸出手掌，掌心是一个深色的东西。我认出是个不大的蜡泥小人儿，头部贴满了箔纸。

"里面有一把纸板做的圈椅，小人儿在上面坐着。"米季科说。

"你把食堂里的火箭拆了？"我问。

他点了点头。

"什么时候拆的？"

"就在刚才，大约十分钟前。最奇怪的是，里面所有人都……"他手指交叉，拼出一个栅栏形状。

"食堂里那些人？"

"不，火箭里那些。制作火箭是从先做这个小人儿开始的。做完以后，小人儿被放在椅子上，四面用纸板密实地粘起来。"

米季科拿来一小块硬纸板给我看。我接过它，看到了绘制得十分精密细致的仪器、把手和按钮，甚至内壁上的一幅画都清晰可见。

"不过最有意思的是，"米季科压低声音，若有所思地说，"里面没有门，外面尽管画着舱门，但里面对应的位置却是一堵装有刻度盘的墙。"

我又看了看那块硬纸板，发现了舷窗，舷窗里面是一个淡蓝色的小地球。

"如果找到制作这枚火箭的人，"米季科说，"我绝对会抽他。"

"为什么？"我问。

米季科没有回答，反而抡起胳膊要把小人儿扔到铁丝网后面，但我抓住了他的胳膊，请求他把小人儿给我。他没有反对。接下来我花了半个小时翻箱倒柜找到一个空烟盒。

第二天，午休时间，这个奇怪发现的后果找上门了。门开了，米季科被叫到走廊。外面不时传来谈话的只言片语，"食堂"俩字被提及了好几次，于是我明白了事情的原委。我起身来到走廊，一个瘦瘦的小胡子男辅导员和一个矮矮的红头发女辅导员把米季科堵在角落里。

"当时我也在场。"我说。

男辅导员用赞许的目光打量着我。

"你们是想一起爬还是轮流爬？"他问道。

我看到他手里拿着一个绿色的袋子，里面有一个防毒面具。

"他们怎么一起爬呀，科利亚，"女辅导员羞答答地说，"你只有一个防毒面具，还是轮流吧。"

米季科微微侧头看了我一眼，便走上前去。

"戴上吧。"男辅导员说。

米季科戴上了防毒面具。

"趴下。"

他趴在地板上。

"往前爬。"科利亚说着，按了下他的秒表。

走廊贯穿了整栋楼，地板上铺着地板革。当米季科向前爬行时，地板革发出轻微但让人难受的吱吱声。当然，米季科没有在辅导员规定的三分钟内爬完——他甚至连单程都没爬完。但当他爬到我们面前时，科利亚没有让他折返，因为距离午休时间结束只剩几分钟了。米季科摘下防毒面具，满脸通红，泪水和汗水交织着，脚底也被地板革磨出了水泡。

"现在轮到你了，"男辅导员说着，递给我那个湿透的防毒面具，"做好准备。"

当透过防毒面具蒙上一层雾气的玻璃顺着铺地板革的走廊望向尽头时，走廊看起来神秘莫测和奇妙异常。趴在地板上，肚子和胸脯凉飕飕的。地板一眼望不到头，天花板像一条苍白的条带,与两侧的墙壁几乎汇聚成了一个点。防毒面具稍微有点儿挤脸,抵在脸颊上,挤得我嘟着嘴,好像要亲一口周围的一切。过了二十几秒,我才被轻轻踢了一脚,接到开始爬的命令。这几十秒痛苦而又漫长,足够你注意到很多东西:这是灰尘;这是两张地板革连接处缝隙中的几颗透明沙粒;这是踢脚线板条上的涂料疙瘩;这是一只蚂蚁,死后被压成了两块极薄的饼,在它前面半米远的地方有一个湿乎乎的小小印记——这是灾难发生后一秒钟,那个经过走廊的人在蚂蚁即将走到的位置上留下的。

"往前爬!"一个声音从我头顶掠过。于是我欢快、真诚地向前爬去。惩罚似乎更像是一个玩笑,我不明白为什么米季科这么愁眉苦脸。最初的十来米我很快就爬完了,然后就变得越来越艰难。当爬行的时候,会用脚背作支点,蹭着地板往前爬,而那里的皮肤很薄很脆弱,如果你脚上没穿东西,几乎马上就会起水泡。地板革粘在我的身上,感觉就像有成百上千的小虫子在啃噬我的脚,或者像在新铺设的柏油马路上爬行。时间流逝得如此之慢——墙上的一处地方挂着一幅大大的水彩画,出自少先队员之手,画的是黑海中的阿芙乐尔号巡洋舰。我发现,从它旁边爬过去花了很长时间,而它却依然挂在那个地方。

突然间,一切都变了。我的意思是,一切仍在继续,我还是像先前一样沿着走廊爬行,但是疼痛和疲惫已经达到了无法忍受的程度,似乎关闭了我体内的某些东西。或者相反,打开了什么东西。周围非常安静,只有地板革在我的手肘下吱吱作响,仿佛是什么东西靠生锈的轮子在走廊里滑行。窗外,远处的海水哗啦啦地响,而在更远的地方,仿佛在大海彼岸,一个扩音器里正响彻着孩童的歌声:

最美好的前途,可不要对我冷酷,

可不要对我冷酷,不要冷酷!①

生活俨然一个嫩绿色的奇迹;天空依旧寂静无云,阳光明媚——而在这个世界的正中心,矗立着一栋两层的宿舍楼,里面有一条长长的走廊,我戴着防毒面具在走廊里爬。一方面,这种情形如此地不言而喻和自然,另一方面,又是如此地窝囊和荒唐,以至于我在橡胶面具下放声大哭,但同时我又庆幸自己的本来面容没有被辅导员们看到,尤其是脸被门缝挡住了。而此时,几十双眼睛正透过门缝注视着我的光荣和耻辱。

又爬了几米之后,我的眼泪就干了。我狂热地找寻一个能支撑我继续爬下去的念头,因为仅有对于辅导员的恐惧是

---

① 此处以及下面的两行歌曲出自1985年苏联儿童科幻电视剧《来自未来的客人们》,改编自基尔·布雷乔夫的小说《一百年以后》,故事大致是一名少先队员通过时间机器从1984年穿越到2084年后发生的一些奇遇。中文歌词采用的是薛范先生译本。

不够的。我闭上眼睛,夜幕降临,间或有闪光的星星在我眼前划过丝绒般的黑夜。远处的歌声再次传来,我轻轻地哼唱着,轻到只有我自己能听到:

  我就从零点起步,向最美好的前途,

  向最美好的前途,哪怕是漫长的路。

  清脆的铜号声响彻营地——这是起床号。我停下来睁开眼睛,离走廊尽头大约还有三米。我面前的深灰色墙上钉着一个搁架,上面放着一个黄色的月球仪。透过雾蒙蒙、溅满泪水的玻璃,月球仪看起来模糊不清,似乎不是放在架子上,而是悬挂在灰暗的虚空之中。

III

我生平头一次喝红酒是在一个冬天，那年我十四岁。在米季科带我去的一个汽车库场里，他的哥哥———一个深沉的长发男人，撒了谎逃出军队后，在那里看门。库场位于一个被栅栏环绕的大块空地上，里面堆放着混凝土板。我和米季科沿着这些混凝土板爬了很久，偶尔会身处一些令人惊奇的地方。这些地方与周遭的现实世界完全隔绝，看起来像一艘废弃已久的飞船隔舱。舱室只剩下一个骨架，奇奇怪怪的，像一堆混凝土板。加之歪斜的木栅栏后面的灯发出神秘诡异的光，几颗小星星挂在空阔澄净的天空中。反正，如果不是枯树下的几个瓶子和结冰的尿印，周围恍若太空。

米季科提议进屋暖和暖和，于是我们向停车场里一个半球形铝架子走去，那个东西也带着些许太空的味道。里面一片漆黑，几辆散发着汽油味的汽车隐约可见。角落里有一个带玻璃窗的木板间，似乎是挨着墙后建上去的，里面亮着灯。我和米季科挤了进去，坐在一个狭窄又不舒服的长椅上，默不作声地喝着茶，茶装在一个掉了漆的铁皮锅里。米季科的哥哥抽着一支长烟，在看一本过期的《技术与青年》，对我们的出现没有任何反应。米季科从长椅下抽出一个瓶子，砰的一声放在水泥地上，问道："来点儿吗？"

尽管有点不自在，我还是点了点头。米季科往我刚才喝茶的杯子倒满深红色的液体,递给我。仿佛被带入了某个流程的节奏里面,我拿起杯子,送到嘴边,喝了下去。我很惊讶,第一次做一件事竟然如此轻而易举。趁米季科和哥哥喝剩下那些酒时,我开始观察自己喝完酒之后的感觉,但什么感觉也没有。我拿起搁在一边的杂志,胡乱翻看,翻到一张对开页,印着一个豆腐块大小的图片,画的是一些飞行器,它们的名称可以猜出来。这些飞行器里我最喜欢的是一架美国飞机,在起飞时它的机翼可以作螺旋桨用。图片上还有一个小型火箭,有飞行员座舱,但我还没来得及仔细看,米季科的哥哥就头都不抬,默不作声地从我手中抢走了杂志。不想自己表现出委屈的样子,我挪坐到桌旁,上面立着一个"热得快"和几乎干掉的香肠渣。

想到自己坐在这个闻起来像垃圾堆、令人作呕的小屋里,我突然感到一阵厌恶,厌恶我刚刚用脏玻璃杯喝了波特酒①。但关键让我气恼的是,当命运在夜晚带我经过都城里某扇高悬的窗户时,恰恰是这些臭气熏天的小屋里闪烁着无数五颜六色的灯火,这让我每到晚上就内心悸动。与杂志上漂亮的美国飞机相比,这令我尤其反感。我低头看了看桌子上铺着的报纸——油渍斑斑,满是烟头烧出的窟窿,还有玻

---

① 一种浓烈的葡萄酒,原产于葡萄牙的波尔图。

璃杯和茶托留下的水渍印。文章标题透露出的冷冰冰、非人类的振奋和力量吓坏了我——毕竟长久以来没有什么能挡住它们的路,它们可怕地甩开膀子一个劲儿地击打虚空,在这种虚空中借着酒劲儿(我发现自己醉了,但并没在意)很容易让磨蹭的灵魂置身并陷入那些"主要目标"和"向棉农致敬"①。周围的房间变得十分陌生,米季科目不转睛地盯着我。与我目光相接后,他眨了眨眼,嘴里不太利索地问道:"怎么,我们要飞往月球吗?"

我点了点头,目光落在了一个名为"轨道消息"的小栏目上。正文的下半部分被剪掉了,只剩下粗体印刷的"第二十八天……"。但这已经足够了——我立刻明白了一切并闭上眼睛。是的,确实是这样——我们在其中生活的窝穴的确又暗又脏,而我们自己,或许也如这些住所一般——但在我们头顶的蓝天和稀疏暗淡的星星中,有一些特殊的人造闪光点在星际间缓缓穿梭。它们在苏联土地上被建造出来,由钢铁、半导体和电气件制成,现如今正在太空中飞行。我们每个人,即便是我们在来这里的路上遇到的那个脸色发青的酒鬼(像蛤蟆一样躲在雪堆里),即便是米季科的哥哥,当然还包括米季科和我——在那片冰冷澄净的蓝天中都有自己的

---

①引号中的词语都是当时苏联官方报纸上的常用话语,作者在此处应该指的是苏联的棉花种植热潮。

小小驻地。

　　我跑到院子里，望着清澈的冬日夜空中那颗蓝黄色、近得非常不真实的月球，啜泣了良久。

IV

我不记得自己是什么时候决定报考飞行学校了。我不记得这件事，可能是因为这个决定早在中学毕业前就在我和米季科的心中成熟了。我们一度面临着选择的难题——飞行学校在全国有很多，但当我们在《苏联航空》杂志上看到一张描绘扎赖斯克市马列西耶夫红旗飞行学校月球城生活的彩色宣传页后，我们很快就做出了决定。我们仿佛一下子置身于飞行学员的队伍之中，置身于涂有黄色颜料的假山与环形山中。我们在一群剪着短发的小伙子中看到了未来的自己。那群小伙子在单杠上翻着跟斗，从一个大搪瓷盆里倒水冲洗身子，水已经定格在了照片上。搪瓷盆这种柔和的桃红色调让我们立刻回想起童年。不知为何，与旁边那些飞行模拟器的照片相比，这种颜色更能唤起我们去扎赖斯克学习的信心和愿望，那些模拟器看起来就像半腐烂的飞机尸体。

一旦做出决定，剩下的就很容易了。由于担心米季科也像他哥哥那样命运不济，米季科的父母很庆幸自己的小儿子能有这样一份稳定可靠的生计。而我的父亲，这时已经完全醉了，大部分时间都躺在沙发上，脸对着那堵挂着鼓眼鹿壁毯的墙。我想，他甚至没有意识到我打算成为一名飞行员，而对姑妈来说这完全无所谓。

我记得扎赖斯克这座城市。确切地说，我没法说我记得它，也没法说我忘了它，这座城可以被忘却或者铭记的东西太少了。在它的正中心矗立着一座白石钟楼,一位公爵夫人曾经从那里跳到了石堆上,尽管几个世纪过去了,她的事迹仍然被这座城市铭记。旁边坐落着历史博物馆,不远处是邮电局和派出所。

当我们下车时,正飘着讨厌的细雨,天气冷飕飕的。我们躲到写有"宣传站"字样的地下室棚檐下,等了半个小时雨才停。门后似乎有人在喝酒,传来一股浓浓的洋葱味和说话的声音,有人一直在提议唱《谢谢》,最后,终于传来了男人和女人们那不再年轻的声音:该是我们在自己的时代快活一会儿的时候了……

雨停了,我们去找公交车,找到了我们来时坐的那辆。我们似乎并不需要下车,完全可以在司机吃午饭的时候在车厢里躲雨。一排小木屋在窗外绵延而过,过了这些小屋就是森林。扎赖斯克飞行学校就坐落在郊外这片森林里。从公交终点站"蔬菜店"要步行五公里左右才能到达飞行学校,附近没有商店。据说"蔬菜店"这个名字是战前留下来的。我和米季科下了车,沿着一条铺满杨絮的小路前行。这条路越走越远,通向森林深处,当我们开始觉得方向不对时,突然看到一扇用钢管焊接而成的大门,上面有巨大的铁星;两侧是用未上漆的灰色木板组成的高大栅栏,上面蜿蜒着生锈带刺的铁丝网。我们向入口处昏昏欲睡的士兵出示了区兵役局开具的通行介绍信以及不久前拿到的通行证，于是他们放行了，并且嘱咐我们去一个俱乐部，那里的见面会就要开始了。

一条柏油路通向不大的居住区深处，路的右侧就是我在杂志上看到的那个月球城。它由几个长长的黄色单层板棚、十几个埋入地下的轮胎和一块描绘成月球表面全景的地段组成。我们经过那里来到了警备俱乐部——这儿的圆柱大厅里聚集着前来报考的小伙子们。不久，一位军官来到我们面前，他任命一个人为班长，并命令我们到招生委员会登记，然后去取用具。

由于天气炎热，招生委员会就安置在俱乐部院内一个中式风格的凉亭里——三名军官正听着收音机里声如细丝的东方音乐，一边喝着啤酒，一边凭证件分发号码牌。然后我们被带到了操场边上，操场长满了齐腰深的草（显然，这里已经有十多年没人来玩了），我们分到了两个可以折叠的普通军用帐篷——考试期间我们要住在里面。还有一大匹卷起来的厚橡胶布，我们必须用楔入地下的木桩把橡胶布押紧。我们在把稍后要支起来的双层床拖进帐篷时，彼此结识了。这些床铺又旧又重，还带着几个镀镍的小球，如果靠背和床铺不是合在一块的时候，就可以把小球缠到靠背上。这些小球是装在一个特殊的袋子里分别发给我们的。考试结束后，我偷偷拧下一个，藏在那个烟盒里，里面放着一个头是用锡箔纸做的蜡制飞行员——这是遥远而难忘的南方之夜唯一的见证。

好像，我们在这些板棚里没有住多久，可是当这些板棚被拆除的时候，橡胶地板下面已经非常讨厌地钻出了厚厚一层没有草色的草。考试本身我几乎记不得了。我只记得，考试一点也不难，甚至有些懊恼，我没能将所有公式和图表——教科书上那些陪我们度过漫长春秋冬夏的东西——搬到试卷上。我和米季科不费吹灰之力就考取了规定的分数，然后是大家最害怕的面试。主考官是一位少校、一位上校和额头上有一道歪歪扭扭的疤痕、身穿破旧工作服的老头儿。我说我想加入宇航员大队，上校问我，什么是苏联宇航员。我找了半天也没找到正确答案。最后，从考官面露难色的表情中，我意识到自己将被送进走廊。

"好吧，"一直沉默到现在的老头儿说话了，"你还记得你是怎么想到要成为一名宇航员的吗？"

我很绝望，因为我不知道该如何正确回答这个问题。而且，显然是出于绝望，我告诉了他关于红色蜡泥小人和没有出口的纸板火箭的事。老头儿立刻振奋起来，眼里闪着光，当我讲到我和米季科戴着防毒面具在走廊里爬时，他抓住我的手大笑起来，这让他额头上的疤痕变得格外殷红。接着他突然严肃起来。

"你知道吗?"他说,"要上太空可不容易。如果祖国要你献出生命呢?你会怎么办?"

"那该怎么办就怎么办呗。"我皱起眉头说。

然后他盯着我的眼睛,盯了大概三分钟。

"我相信,"他最后说,"你可以。"

当听说从小就想登月的米季科也来报考时,他在一张纸上写下了米季科的姓。米季科后来告诉我,老头儿花了很长时间才弄清楚他为什么非要去月球。

第二天早饭后,警备俱乐部的圆柱上张贴了录取名单,我和米季科的名字挨着,名单没有按字母顺序排列。有的人去申诉,有的人在涂有白线的柏油路上欢呼雀跃,有的人跑去打电话,而在这一切之上,我记得,在褪色的天空中延伸着一条飞机拉线留下的白色条带。

一年级的新生被召集去与飞行教官见面——教官们已经在俱乐部里等着了。我记得厚厚的丝绒窗帘,面向讲台的桌子和桌子后面严厉的教官。主持会面的是一位年轻的中校,鼻子尖尖的,很高挺。他说话时,我想象他穿着飞行服,戴着密封头盔,坐在米格战斗机的驾驶舱里,机舱上的斑点让人想起昂贵的迷彩服。

"同学们,我真的不想吓唬你们,也的确不想用一些吓人的字眼开始我们的谈话。但是你们要知道：不是我们选择了我们所处的时代，而是时代选择了我们。或许，从我的角度来讲，告诉你们这些信息可能是错的，但我还是要说……"

中校沉默了片刻，俯下身对坐在他身边的少校耳语了几句。少校皱了皱眉头，边思考边用铅笔的钝头敲着桌子，然后点了点头。

"所以，"中校低声说，"最近在军队政治工作者的一次非公开会议上，我们所处的时代被定义为战前！"

中校没有说话，期待着大家的反应，但显然大厅里的人都没搞明白——反正我和米季科什么都没明白。

于是中校又压低声音解释说："会议是在7月15日举行的，对吧？因此，截至7月15日，我们一直生活在战后时期，而自那以后——整整过去了一个月——我们就生活在战前时期了，明白了吗？"

大厅里沉默了片刻。

"我说这些不是为了吓唬你们，"中校开始用正常的声音说话，"只是要你们记住，我们大家肩负着什么样的责任。你们到这所学校来是正确的。现在我想告诉你们，我们培养的不仅仅是飞行员，而首先是一个个真正的人，明白吗？当你们拿到文凭和军衔时，你们可以确信，那时你们将成为一个真正的、大写的人,这种人只有苏维埃国家才会有。"

中校坐下来,调整了一下领带,用嘴唇触碰杯子的边缘——他的手在颤抖,我好像听到了牙齿与玻璃轻轻碰撞的声音。少校站了起来。

"同学们,"他声音婉转地说道,"虽然叫你们学员更正确,但我还是要称呼你们为'同学'!还记得鲍里斯·波列沃依①歌颂的那位著名传奇人物的故事吗?我们的学校就是以他的名字命名的!他在战斗中失去了双腿,但他没有屈服,而是借助假肢站了起来,像伊卡洛斯②一样腾空而起,与法西斯恶棍战斗!许多人告诉他,这是不可能的,但他记住了主要的一点——他是一个苏联人!你们也不要忘记这一点,无论何时何地都不能忘记!而我们,飞行教官,以及我个人,学校的政治部副主任承诺:我们会在最短的时间里让你们成为真正的人!"

然后有人带我们参观了一年级营房里的住处,我们刚从帐篷搬到了那里,接着被领到了食堂。天花板上挂着布满灰

---

①鲍里斯·尼古拉耶维奇·波列沃依(1908—1981),苏联著名记者,作家,社会活动家,代表作有《大写的人》。该作品描写了一位飞行员负伤截去下肢后,经刻苦锻炼又重返蓝天的动人故事。

②希腊神话中代达罗斯的儿子,与代达罗斯用蜡和羽毛制造的羽翼逃离了克里特岛。

尘的米格战斗机和伊尔飞机①。它们看起来像巨大的空中岛屿，而旁边是迅猛的黑蝇飞行大队。午餐——撒有零星几根通心粉的汤、鸡肉饭和糖煮水果——相当难吃。饭后困得不行，我和米季科勉强爬到床上，我立马就睡着了。

---

①伊尔系列飞机，是苏联伊留申设计局研制的四发中远程喷气式客机，有多种机型，每种机型还有若干种改型。

V

第二天早上,我在充满痛苦和困惑的呻吟声中醒来。实际上,我还在睡梦中就听到了这些声音,但一声特别响亮而痛苦的叫声让我完全惊醒了。我睁开眼睛,环顾四周。周围的床铺上发出一些莫名其妙的缓慢而又含混不清的响动——我试图用手肘撑起身子,但做不到,因为我似乎被几条好像是用来捆鼓鼓囊囊行李的宽带子绑在了床铺上。我唯一能做的就是把头稍微转到一边。昨天认识的来自滕达的小伙子斯拉瓦眼神里充满了痛苦,在旁边的床铺上看着我。他下面半张脸被紧绷的破布蒙着。我张开嘴想问他怎么了,但发现我的舌头动不了,整个下面半张脸也完全感觉不到了,仿佛已经肿了。我猜,我的嘴也被堵住并缠住了。我还没来得及惊讶,因为惊讶已被惊恐取代:斯拉瓦两只脚的位置,被子呈阶梯状向下凹陷,刚浆洗过的被套上渗出模糊的淡红色斑点,就像方格毛巾上的西瓜汁。最可怕的是,我感觉不到自己的双腿,也没法抬起头来看看腿。

"第五分队!"中士操着异常丰富的语调和意味深长的低音在门外说道,"包扎!"

十来个人同时进入房间,他们是二年级和三年级的学生(准确地说,是服役两年和三年的学员,我根据他们袖子上的袖章猜的)。我以前没有见过他们,教官们说他们去收土豆了。他们穿着奇怪的靴子,靴筒不能弯曲,走起路来摇摇晃晃,一会儿靠着墙,一会儿靠着床背。我还注意到他们的面色透出一种病态的苍白,脸上凝结着长时间受折磨的痕迹。这些痛苦仿佛融为了某种难以言喻的准备状态。无论多么不合时宜,在那一刻,我想起了自己和米季科以及夏令营的其他人一起在柏油操场上重复的少先队口号——我回想起来,也明白了个中含义是什么:"时刻准备着!"——我们假模假式地向自己、向站成一排的同志们和七月的清晨做出保证。

学员们将床铺一个接一个推到走廊里,被捆住的一年级新生们在床铺上扭动着身体,嘴里发出含糊不清的声音。房间里只剩下两张床铺——我的和靠窗的那张,米季科就躺在上面。绑带使我无法转头,但我用余光看到他静静地躺在那里,就像睡着了。

大约十分钟后,有人向我们走来,用脚顶着我们的床铺往前走,把我们推到走廊上。其中一名学员在推床铺,而另一名学员背对着,拉着床铺往前走,看起来就像顶着身后飞驰的床铺在走廊里倒退。我们滑进一个两边都有门的狭长电梯里,上了楼,接着,那个二年级学员从我身边沿着一条走廊倒退着离开了。我们在一扇包铁皮的黑色门前停了下来,上面有一个大大的棕色门牌。由于姿势不舒服,我看不清上面写了什么。门打开了,我被推进房间,天花板上挂着一盏巨大的水晶吊灯,形状像一枚航空炸弹,墙壁的上方延伸着一条由镰刀、锤子和缠绕着葡萄的花瓶组成的凸纹装饰带。

有人解开了我身上的绑带。我用手肘撑起身子，尽量不看自己的脚。我看到房间深处摆着一张巨大的办公桌，上面有一盏绿色的灯，灰色的光线从一扇狭窄的高窗斜射下来照在桌上。坐在办公桌后的人被一张摊开的《真理报》挡住了，一张布满皱纹的脸从报纸头版探出来，一双慈祥而炯炯有神的眼睛直视着我。随着地板革一阵吱呀作响，米季科的床铺停到了我旁边。

报纸在翻页时沙沙作响，随后便被放到了桌上。

在我们面前坐着的就是那个额头上有疤痕、在面试时抓住我手的老头儿。他现在身着中将制服，领章位置别着金扫帚，头发精心梳理过，目光明亮而锐利。我还注意到，他的脸似乎与《真理报》封面上前一刻盯着我的那张脸一模一样。这就像在电影中，起初一直在播放一张图像，然后另一张图像逐渐出现在它的位置上——形象相似但不相同，而且由于是渐变切换的，图像好像眼看着发生了变化。

"孩子们，既然我和你们还要打很长时间的交道，你们可以叫我'飞行指挥官同志'，"老头儿说，"我要祝贺你们——根据考试结果，特别是面试结果，"老头儿眨了眨眼睛，"你们马上就要成为苏联克格勃第一分部秘密航天学校的一年级学员了。所以你们以后会成为真正的人，但现在先收拾收拾去莫斯科吧。我们将在那里见面。"

这些话的含义我在一间空荡荡的病房里才明白。我们穿过同样长的走廊被送到了那里，走廊里的地板革在床铺的小钢轮下唱着安详而满是乡愁的歌声，这让我莫名想到了很久以前七月份海边的一个正午。

我和米季科睡了一整天——之前吃晚饭时我们似乎被喂了某种安眠药（第二天也想睡觉）。晚上，一个开心的黄发中尉来了，穿着吱呀作响的靴子，笑着和我们开玩笑，把我们俩的床铺依次带到混凝土舞台前的柏油练兵场上。桌边坐着几位文质彬彬、长相和善的高级将领，其中还有飞行指挥官同志。我和米季科当然可以自己到那，但中尉说这是一年级的规矩，并让我们安静地躺着，以免惊扰其他人。

由于许多床铺彼此紧挨着靠在一起，练兵场看起来就像汽车厂或拖拉机厂的大院。场地之上，一阵低沉的轰隆声沿着复杂的轨迹回荡着：在一处消失，在另一处出现，接着又出现在第三处——好像一只无形的大蚊子在床铺上空盘旋。在路上，黄发中尉说，毕业晚会与最后一次国家考试[1]同时进行，马上就要开始了。

很快，他本人（像他这样的中尉有五十个）当着招生委员会的面，在飞行政治部副主任微弱的手风琴伴奏下带头跳

---

[1] 苏联大学及中专的毕业考试。

起了《卡林卡》①舞。他情绪激动,脸色苍白,但技巧是无可比拟的。中尉姓兰德拉托夫——当飞行指挥官把一本打开的红色证书递给他并祝贺他被授予学位时,我听到了这个姓。然后其他人也跳了同样的舞蹈,到最后我都看烦了。我转身看向体育场,就在练兵场后面。我突然知道了为什么上面的杂草这么高。

我盯着风中摇曳的草茎看了很久,坐在床铺上看着,被子下面的手里攥着一个留作纪念的镀镍小球。

第二天,卡车载着我和米季科穿过夏日的树林和田野,我们坐在背包上,倚靠着凉爽的铁栏板。盖腿的帆布毯子扇动着边角,树干和早已废弃的灰色电报杆不断闪过。树木时而闪出空隙,露出上面三角形的忧郁苍白的天空。然后车停了五分钟,静谧中夹杂着远处低沉的射击声。去上厕所的司机解释说,那是亚历山大·马特罗索夫步兵学校靶场上机枪点射的声音。随后在车厢漫长的颠簸中我睡着了,没多久醒来时已经到莫斯科了,这时从帆布毯子的缝隙中闪过的是"儿童世界"的拱门,这情景就好像回到了小学时代某个遥远的夏天。

---

①又名《雪球花》,俄罗斯民歌。以热情奔放的旋律和浓郁的俄罗斯民歌的样式,唱出了俄罗斯小伙子对于美丽姑娘爱的直接追求和对美好爱情的憧憬。

VI

IV

小时候，我经常想象，打开一份还散发着油墨味道的报纸，版面中间是我戴着头盔、面露笑容的大幅照片，下面有一行字：宇航员奥蒙·克里沃马佐夫感觉良好！我也不懂为什么自己会有这种渴望。大概，我幻想着在其他人——那些会看到这张照片，然后想到我并揣摩我的想法、感受和情绪的人那里——来实现自己的部分人生。当然，最主要的是，我自己想要成为"其他人"中的一员，盯着自己那张印刷网点组成的脸，思索着这个人喜欢什么电影以及他的女朋友是谁，然后突然意识到，这个奥蒙·克里沃马佐夫就是我。从那以后，我就在不知不觉中慢慢改变了。我不再对别人的意见太感兴趣，因为我清楚：其他人无论如何都不会注意到我，也不会揣摩我，他们只会冷淡地看着我的照片，正如我冷淡地对待其他人的照片一样。因此，我的功勋不为人所知这件事并不会对我造成打击。使我受打击的是，我必须建立功勋。

在抵达后的第二天，就在我们穿上类似苏沃洛夫式的黑色制服（只有肩章是亮黄色的，上面有三个令人费解的字母"ВКУ"）后，我和米季科就被依次带到飞行指挥官那里。米季科先去的，过了一个半小时左右才叫到我。

当高大的橡木门在我面前打开时，我甚至有点不知所措——在此之前，我看到的就像某个战争片里的场景。办公室中央是一张铺着黄色地图的大桌子，桌子后面站着几个穿军装的人——飞行指挥官和三位将军。他们长得各不相同，但却都与作家兼剧作家亨里希·博罗维克非常相似。还有两位上校，一个又矮又胖，面色红润；另一个瘦瘦的，头发稀疏，像一个虚弱的大孩子，他戴着墨镜，坐在轮椅上。

"飞行指挥中心的负责人，哈尔穆拉多夫上校。"飞行指挥官指着面色红润的胖子说道。

胖子点了点头。

"宇航员特别部队政治部副主任乌尔恰金上校。"

轮椅上的上校看向我，他摘下墨镜，身体微微前倾，仿佛是想仔细看看我。我不由自主地颤抖起来——他是个瞎子，一只眼睛的眼皮已经长到一起，另一只眼睛的睫毛间微微泛着发白的黏液。

"奥蒙，你可以叫我巴姆拉格·伊万诺维奇，"他高声说道，"希望我们可以成为朋友。"

不知为何，飞行指挥官没有向我介绍几位将军，他们表现得就像没看到我一样。不过，我似乎在扎赖斯克的飞行考试中见过他们中的一位。

"这是克里沃马佐夫学员，"飞行指挥官向他们介绍了我，"那么，我们可以开始了吗？"

他面向我，双手交叉放在肚子上，说道："奥蒙，你可能读过报纸，看过电影，知道美国人让他们的几名宇航员登上了月球，甚至乘坐摩托汽车在月面行驶。他们的目的似乎是和平的，但这取决于你如何看待它。想象一下，来自某个小国的普通工人，例如，在非洲中部……"

飞行指挥官皱了皱眉，假装挽起袖子擦了擦额头的汗。

"现在，你看美国人登上了月球，而我们……你明白吗？"

"明白，中将同志！"我回答。

"奥蒙，让你着手准备的这个太空实验，其主要目的是表明我们在技术上并不逊色于西方国家，并且也能够对月球进行勘探。我们现在无法发送能返回的载人飞船。但是还有一种方法——向月球发送不需要返回的自动化探险队。"

飞行指挥官俯身看着一张地图，上面有隆起的山脉和环形山，在地图中间，有条鲜红的线，像是刚用钉子划出来的划痕。

"这是月球表面的局部图，"飞行指挥官说，"如你所知，奥蒙，我们的太空科学主要研究月球的背面，而不是美国人登陆的向日面。这条长线，就是几年前由我国卫星发现的所谓'列宁裂缝'。这是一种独特的地质构造，去年我们派遣了自动化探险队前往该地区获取月壤样本。根据调查的初步结果，我们认为应该继续研究这条裂缝。你可能知道，我们的太空计划主要靠自动化手段来实施，我们只让机器冒险，不像美国人草菅人命。现在我们想发射一种自动推进的车辆，即所谓的月球车，它将沿着裂缝底部行驶，并向地球传输科学信息。"

飞行指挥官目不转睛看着我的同时，打开一个抽屉开始摸索。

"这条裂缝全长150公里，但是宽度和深度极小，以米为单位。预计月球车沿裂缝行驶70公里——电池充满也就够走这么远——在裂缝中心安装一个无线电信标，把'和平''列宁'和'苏联'等字眼儿转换成无线电脉冲发射到太空中。"

他手里拿着一辆红色小汽车，用钥匙给小车上好弦，然后放在地图上红线的起点处，汽车嗡嗡地向前移动。那是辆玩具车，就像个小罐头盒，有八个黑色的小轮子，侧面写着"苏联"字样，前面有两个眼球一样的凸起。所有人都紧张地注视着小车，就连乌尔恰金上校也与其他人一同看过来。小车移动到桌子边缘，掉在了地上。

"就是这样。"飞行指挥官抬头看着我，若有所思地说。

"报告！"我说道。

"说。"

"中将同志，月球车是自动驾驶的！"

"是自动的。"

"那要我做什么?"

飞行指挥官低头叹了口气。

"巴姆拉格,来。"他说。

轮椅的电动马达轻轻转动,乌尔恰金上校离开了桌子。

"我们出去溜达溜达。"他挪过来,抓起我的袖子说道。

我疑惑地看向飞行指挥官。他点了点头。我跟着乌尔恰金来到走廊。我们慢慢往前走,确切说,我是在走,而他在旁边坐着轮椅移动,用摇臂调节速度。摇臂末端装有一个自制的粉色有机玻璃球,里面刻着一朵红玫瑰。乌尔恰金好几次欲言又止,当我以为他不知要从何说起的时候,他突然用湿乎乎的手掌一下子抓住了我的手腕。

"仔细听我说,不要打断我,奥蒙。"他很诚恳,好像我们刚刚拿着吉他围着篝火一块唱过歌似的。"说来话长,你知道吗?人类的命运有很多谜团,很多看似没有意义的东西,还有很多苦难。你要看得很清楚,很明确,以免出错。历史不会像教科书里写的那样发生。我们没有时间来证明我们主义的正确性——战争耗费了太多精力,与过去的残余势力和国内敌人的斗争也太过漫长而严酷。我们来不及在技术上战胜西方,但主义的斗争一刻也不能停歇。"

我心头一紧,条件反射地想把手抽出来,但乌尔恰金上校的手掌仿佛成了一个小钢箍。

"……你越是自觉地建立你的功勋,功勋就会越真实,你短暂而美好的生命就会越发有意义!"

"献出生命?什么功勋?"我傻傻地问道。

"就是那个,"上校很小声又惶恐似的回答,"已经有一百多个像你和你朋友这样的人完成了那个壮举。"

他顿了顿,又用同样的语气说道:"你不是听说过我们的太空计划主要是使用自动装置吗?"

"听说过。"

"那么,现在我们去329室,有人会告诉你我们的太空自动装置是什么。"

VII

"上校同志！"

"上校同志！"他滑稽地模仿说，"在扎赖斯克飞行学校，有人明确地问过你——准备好献出生命了吗？你是怎么回答的？"

我坐在房间中央的一把铁椅上，铁椅被螺栓固定在地板上。我的双手被绑在扶手上，双脚绑在椅子腿上。房间的窗户被窗帘紧紧地遮住，角落里放着一张不大的办公桌，上面有一部没有拨盘的电话。在我对面的轮椅上坐着乌尔恰金上校，他笑着说话，但我感觉，他是绝对严肃的。

"上校同志，你知道的，我只是一个普通人。你把我误当成某种人，而我根本就不是那种人……"

乌尔恰金的轮椅嗡嗡作响，他离开原地，坐着轮椅向我驶来，靠近我停了下来。

"等等，奥蒙，"他说，"等一下。我们已经到了。你认为，我们的土地上流的是谁的血？你觉得有什么特别的吗？是某种特殊的血吗？还是某些不普通的人的血？"

他伸出手，摸了摸我的脸，用干巴巴的拳头打在我的嘴唇上——不是很用力，只是为了让我尝到嘴里血的味道。

"我们的土地上流的正是跟这一样的血。像你这样的人的血！"

他拍了拍我的脖子。

"不要生气,"他说,"我现在是你的亚父了。我也可以拿皮带抽你。你在犹豫什么,像个婆娘一样?"

"巴姆拉格·伊万诺维奇,我觉得自己对于建立功勋还没有做好准备,"我舔了舔血答道,"我的意思是,我觉得我还没准备好……我宁愿回到扎赖斯克,而不是像现在这样……"

乌尔恰金俯过身来,抚摸着我的脖子,轻声细语地说道:"你真是个傻瓜,奥姆卡。你必须明白,亲爱的,这就是功勋的本质。它总是由那些没有准备好的人来建立,因为功勋就是那种不可能做好准备的事情。也就是说,比如,你可以熟练地快速跑到枪口跟前,也可以熟练敏捷地用胸口堵住枪眼,这些都是我们教的,但是功勋的精神本质是学不来的,它只能被建立。在功勋面前,求生欲越强,对建立功勋就越有利。即便是无形的功勋,对国家来说也是必要的——它们滋养了那种主要力量……"

一阵响亮的乌鸦叫声传来。一个黑影在窗帘后一闪而过,上校不再作声。他在轮椅上沉思片刻,打开轮椅发动机,迅速开进走廊,身后的门砰的一声关上了。一分钟后门再次被打开,一个黄头发的空军中尉拿着一根橡胶管走进房间。他看起来很面熟,但我想不出以前在哪里见过他。

"你认出我了吗?"他问道。

我摇了摇头。他走到桌旁，坐在上面，脚上穿着闪亮的黑色褶皱靴，看到靴子我想起了以前在哪里见过他。他是扎赖斯克飞行学校的中尉，就是他把我和米季科的床铺带到了练兵场。我甚至还记得他的姓。

"兰……兰……"

"兰德拉托夫，"他边说，边弯着橡胶管，"有人派我来和你谈谈。乌尔恰金派我来的。你当真想回马列西耶夫飞行学校吗？"

"不是我想去那里，"我说，"我是不想去月球完成壮举。"

兰德拉托夫哼了一声，用手掌拍打着自己的肚子和大腿。

"真有意思，"他说，"你不想去的话，你觉得他们现在会放过你吗？会放你走？还是回学校去？即使他们让你回去，你知道从床上下来，挂着拐杖迈出第一步是什么感觉吗？或者每逢下雨你会是什么感觉吗？"

"不知道。"我说。

"还是你觉得，双腿痊愈之后，好日子就来了？去年，我们有两个人因叛国罪受审。从四年级开始，课程会在模拟器上进行，你知道是什么课吗？"

"不知道。"

"总之,一切都跟在飞机上一样,你坐在驾驶舱里,身旁是手柄和踏板,你只需要看着电视屏幕。所以班上的这两个人,没有练习他们的殷麦曼①,而是向西超低空飞行,这俩狗东西,也不接听广播。后来有人把他们拉出来,问'你们干吗,勇士们?想搞点事情,嗯?'他们什么也不说。其中一个人后来说他想感受一下,哪怕只有一下下……"

"他们后来怎么样了?"

兰德拉托夫用软管重重地打了下他坐的桌子。

"谁在乎呢?"他说,"主要是,他们的行为也可以理解。你一直希望最终能开始飞行,所以当后来有人告诉你全部真相时,你觉得有人需要没有腿的你吗?"

兰德拉托夫不再说话。

"'就这样也'怎么了?"

"这不重要。我想说的是,你觉得从扎赖斯克飞行学校毕业之后,你就能驾驶着战机穿越云层吗?最好的情况是,你会进入某个防空区的歌舞团,而大概率你会在餐厅里跳《卡林卡》舞。我们有三分之一的人变成酒鬼,还有三分之一的人手术不成功最终自杀。顺便问一下,你对自杀有什么看法?"

"我也不知道会怎样,"我说,"我没有想过这个问题。"

---

① 一种半筋斗翻转的高级飞行术。

"我以前想过，尤其是二年级的时候。特别是有一次，电视上正在播放温布尔登锦标赛，我拄着拐杖在俱乐部值班。这种苦闷攫住了我，但后来无所谓了，我走出来了。一些事情你必须自己拿定主意，然后就轻松多了。所以要注意，如果你有了这样的想法，不要屈服。你最好想想，如果去了月球，你会看到多少有趣的东西。不管怎样，要知道，这些狗东西不会让你活着离开。你同意吗，嗯？"

"你似乎不太喜欢他们。"我说。

"为什么要喜欢他们？他们不会说一句实话。顺便说一句，当你和飞行指挥官谈话时，不要提及任何有关死亡或者你要飞往月球的事。只谈自动装置，明白吗？否则我们又要在这个房间里谈话了，毕竟我只是个服务人员。"

兰德拉托夫晃了晃橡胶管，从口袋里掏出一包"飞行"牌香烟，抽了起来。

"你的朋友立马就同意了。"他说。

当来到户外时，我略微有些头晕。这个内院被一个巨大的灰褐色方形建筑与城市隔开，很像莫斯科附近的一片村庄，被裁成庭院的形状，然后搬到这里。院子里有一个掉漆的木制凉亭，还有一个用铁管焊接成的单杠，现在上面挂着一块绿色的地毯——显然，有人将它拍打干净，忘在了这儿；还有菜园、鸡舍和运动场地，几张乒乓球桌和一圈半埋在地里五颜六色的汽车轮胎,这让我一下子想到了巨石阵的图片。米季科坐在出口附近的长椅上,我走过去,在他身边坐下,伸了伸腿,看着塞进靴子里的黑色制服长裤——不知为何,在与兰德拉托夫交谈之后,我就觉得那不是我的腿。

"难道这一切都是真的吗?"米季科小声问道。

我耸了耸肩,不知道他指的是什么。

"好吧,我仍然可以相信有关航空的事,"他说,"但是关于核武器……假设,在1947年①还能让200万政治犯跳起来。但是现在我们没有政治犯,要知道核武器每个月……"

我刚出来的那扇门开了,乌尔恰金上校的轮椅开进了院子。他刹住轮椅,在院子里扫了几眼。我知道他在找我们,想补充说点什么,但米季科默不作声。乌尔恰金看起来不想打扰我们了。电动马达发出嗡嗡声,轮椅驶向了建筑的另一侧。在经过我们身边时,乌尔恰金微笑着转过头,似乎在用他那和蔼的眼窝窥视我们的灵魂。

---

① 1947年杜鲁门发表国会演讲,提出杜鲁门主义,标志着冷战正式开始。

VIII

我想大多数莫斯科人都很清楚,当他们在"儿童世界"①排队或乘车经过捷尔任斯基站时,他们脚下深处是什么,所以我就不再复述了。我只想说,我们的火箭模型与实物有着一样的尺寸,旁边还能放一个同样大小的模型。有趣的是,电梯很老旧,是战前时期的,下去要花很久,以至于在电梯里有时间读上两三页书。

火箭模型组装得相当程式化,有些地方甚至只是用木板简单地钉在一起,只有机组人员活动的位置与真实的火箭完全相同。所有这些都是为实践课准备的,我和米季科在短时间内还不会开始上这门课。但即便如此,我们还是被转移到了很深的地下,住在一个宽敞的隔离间里,墙上有两幅画,描绘的是两扇窗口,窗口里是建设中的莫斯科全景。房间里有七张床铺,我和米季科知道,我们很快就会有新室友了。从隔离间到火箭模型所在的训练大厅,沿走廊步行只有三分钟的路程。电梯很有意思,刚用了很长时间才下来,这会儿它似乎又要花很长时间升上去。

但我们很少上去,大部分空闲时间都在训练大厅里度过。哈尔穆拉多夫上校给我们教授火箭飞行理论简明教程,讲解火箭模型。当我们学习仪器时,火箭只是一个教具模

---

①莫斯科的"儿童世界"是当时苏联最大的儿童商场,位于捷尔仁斯基广场(现在的卢比扬卡广场),与克格勃大楼相邻。

型,而当夜幕降临,主灯熄灭时,在昏暗的壁灯照耀下,模型有时会短暂地变成被遗忘又令人惊奇的东西,似乎在向我和米季科致以童年最后的问候。

我和米季科是第一批来的。同机组的其他成员也陆续来学校报到了。第一个来的是谢马·阿尼金,来自梁赞附近,矮小结实,曾经当过水手。黑色的学员制服很适合他,同样的制服穿在米季科身上就像挂在衣架上一样。谢马非常安静,沉默寡言,他把所有时间都花在训练上,就像我们所有人一样,尽管他的任务是最简单、最不浪漫的。他负责一级火箭,他年轻的生命(我也像乌尔恰金的说话方式一样,改变句子中的语序,以达到庄重的效果),在起飞后的第四分钟就会戛然而止。整个考察行动的成功取决于他行动的准确性,如果他犯了一丁点错误,等待我们所有人的将是毫无意义的瞬间死亡。显然,谢马非常不安,因此即使在空荡荡的营房里也要进行训练,把自己的动作练到下意识的程度。他蹲下身子,闭上眼睛,双唇开始微动——数到二百四十,然后开始逆时针转动,每隔四十五度双手就要做一波复杂的操作。虽然我知道他是在想象自己正在打开一级与二级火箭之间的锁闩,但是他每次的动作都让我想起香港动作片的场景。在进行了八次这种复杂的操作后,他立即向后倒下,并用力向上踢,与看不见的二级火箭分离。

负责二级火箭的是伊万·格列奇卡,他在谢马到了之后两个月才来。他是一个金发碧眼的乌克兰人,在扎赖斯克飞行学校读三年级时才加入我们,所以他走路还是有些困难。但他身上总是透露出一种泰然自若的气质,始终微笑面对世界,因此每个见到他的人都喜欢他。伊万与谢马尤其要好。他们互相开玩笑,总是在竞争,看谁能更快更好地完成整个火箭分离操作。当然,谢马的动作更麻利,但伊万只有四个锁闩要开,所以他有时更快。

负责三级火箭的是奥托·普卢齐斯,一个脸色红润、若有所思的波罗的海人。在我的印象中,当伊万和谢马在营房里训练时,他从来没有加入过他们的行列。他似乎什么都不做,只是躺在床上解《红色战士》上的填词游戏(他总是穿着精心擦亮的靴子,双腿交叉搭在闪亮的镀镍靠背上)。但只要看一眼他在模型上如何操作他那部分锁闩的,你就会明白,如果我们的火箭上有一个可靠的部分,那就是三级分离系统。奥托有点奇怪——他非常喜欢在熄灯后讲一些愚蠢的故事,就像那些夏令营里孩子们讲出来吓唬人的故事。

"曾经有一次去月球勘探,"他抹黑说,"飞啊,飞啊,他们就快到了。突然,舱门打开,几个穿白大褂的人进来了。宇航员们说:'我们要去月球了!'而这些穿白大褂的人说:'好,好,不要担心。现在我们来打针……'"

或者是这样的故事：

"人们要去火星，就快到了，正看向舷窗外。突然他们转过身来，看到后面站着一个怪人，个头矮矮的，全身红色，手里拿着这么一把大刀。'干吗，'他问，'你们想去火星吗？'"

* * *

在弹道组的人进入更为复杂的训练项目的时候，我和米季科还没有获准触碰我们的器材。而谢马·阿尼金几乎没有受到影响——他要立功的高度只有四公里，因此，他只是在制服外面套了一件棉袄。对伊万来说，难度更大——在四十五公里的高度，他要永垂不朽的那个地方，很冷，空气已经很稀薄，所以他穿着皮大衣、皮靴和氧气面罩进行训练，这使得他很难通过模型上狭窄的舱门。对奥托来说要更简单——他有一套特殊的电热宇航服，由红戈尔卡的织工用从越南缴获的几件美国太空服缝制而成。这套太空服还没有做好——加热系统快完成了。为了不浪费时间，奥托穿着潜水服练习。他的头盔升到了舱门上方，我看到头盔玻璃后面他那张涨得通红、汗如雨下、有点雀斑的脸。打招呼时，他说了一些诸如"兹威格们！"或"茨威格们！"之类的话。

飞行指挥官和乌尔恰金上校先后给我们讲授了太空自动

化概论。

飞行指挥官叫作普哈泽尔·弗拉季连诺维奇·皮多连科，来自乌克兰的小村庄皮多连卡。他的姓氏发音重音在"多"上。他的父亲曾经也是契卡①成员，并以"捷尔任斯基区党的生产积极分子"的单词首字母为儿子命名；此外，他们父子的名字加起来共有15个字母，与苏联加盟共和国的数量相符。不过，他还是不喜欢别人称呼他的名字，与他有各种公务关系的下属要么叫他"中将同志"，要么像我和米季科一样叫他"飞行指挥官同志"。他经常用纯正又梦幻般的音调念出"自动装置"这几个字，我们坐电梯上去听讲座的卢比扬卡办公室仿佛刹那间变成了一个大型三角钢琴的共鸣箱——但尽管这几个字经常在他嘴里出现，他却没有给我们提供任何技术信息，而是主要讲述日常故事，或者回忆战争时期他在白俄罗斯打游击战的经历。

乌尔恰金也没有提及任何技术性话题，通常都是嗑着瓜子嘻嘻哈哈，或者讲一些好笑的事，比如，他问："如何把一个屁分成五份？"

而当我们说不知道时，他就会自己回答："应该对着手

---

① 全称为全俄肃清反革命及怠工非常委员会，简称全俄肃反委员会，是苏联的一个情报组织，克格勃的前身。

套放屁。"

然后他会嘎嘎笑出声来。我被这个人的乐观精神所震撼。他失明,瘫痪,被困在轮椅上——但他尽职尽责,并且不厌其烦地享受生活。在我们的太空学校,有两个政治部副主任,我们在背地里有时会叫他们政治辅导员——乌尔恰金和布尔恰金。他们都是上校,同为保尔·柯察金高等军事政治学校的毕业生,两人非常相似。通常是乌尔恰金给我们全体人员上课。两位政治部副主任共用一辆日本的电动轮椅。因此,当他们中的一位负责教学工作时,另一位就安安静静、一动不动地斜卧在五楼一个小房间的床上——穿着制服上衣,被子盖到腰部,以防外人看到被子下的便器。房间里陈设简陋,有裂纹的写字板包着硬纸板,桌子上始终有一杯浓茶,白色的窗帘和榕树,这些都让我感动得几乎落泪,那一刻我不再认为所有周围的人都是狡猾、卑鄙和一本正经的人了。

负责登月舱的季马·马丘舍维奇是最后一个加入机组的人。他很孤僻,尽管还很年轻,但头发已完全灰白,喜欢独来独往。关于他,我只知道他以前在军队服过役。当看到米季科床铺上方挂着一张从《女工》杂志上撕下的库因吉[①]的画作复制品时,他也在自己床铺上方挂了一张纸,上面画着

[①] 阿尔希普·伊万诺维奇·库因吉(1841—1910),俄国巡回展览派画家。

一只小鸟,用大号字写着:

OVERHEAD

THE ALBATROSS[①]

[①] 这句话可以理解为"信天翁在空中",也可以理解为"头顶有重负"。

IX

时值五月，莫斯科附近的泥炭沼泽正在燃烧，苍白而炽烈的太阳挂在薄雾弥漫的天空中。乌尔恰金让我读了一本日本作家写的书。这位作家在二战期间曾是一名自杀式飞行员，我震惊到了极点——我的情况与他描述的情况是如此相似。我也没有仔细去想前方等待着我的是什么，只是活在当下——我沉浸在书中，忘记了世间的一切，看着炮火纷飞的电影屏幕（周六晚上会给我们放映战争历史片），着实为我不高的分数感到不安。"死亡"这个词出现在我的生活中，就像一张挂在墙上很久的备忘录——我知道它就在那里，但我从未把目光停留在上面。我没有与米季科谈论过这个话题，但当有人告诉我们仪器训练终于要开始时，我们对视了一眼，仿佛感觉到了临近的寒风第一次拂面而过。

从外观上看，月球车就像一个大的洗衣槽，安放在八个沉重的有轨电车轮子上。车身上有很多突起，各种形状的天线，机械臂和其他东西——所有这些都徒有其表，无法运行，主要是为了在电视上让人看到，但它们给人留下了非常深刻的印象。月球车的车顶上布满了斜刻的小花纹，这并不是有意为之——只不过是制造它用的金属板和地铁入口处地板的用料一样，但这辆车因此看起来更加神秘。

人的心理可真奇怪！它首先关注的是一些细节。我记得在我小的时候，经常画些坦克飞机拿给我的朋友们看。他们总是喜欢那些有很多无意义线条的画，所以后来我甚至故意画上这些线条。月球车看上去是个非常复杂精巧的仪器也是这个道理。

月球车的车盖掀到了一边——车盖是密封的，在一个橡胶垫圈上，有好几层保温层。里面是活动空间——就像一个坦克炮塔，还立着一个稍微改装过的"运动"牌自行车车架，上面有踏板和两个齿轮，其中一个齿轮精细地焊接在后一对车轮的轴上。方向盘是常见的半竞赛式车把——通过一个特殊的传动装置，它可以使前轮稍微转动一点，但就像他们跟我说的，应该没有这种必要。搁板从墙上延伸出来，上面暂时还是空的。方向盘中间安了一个指南针，靠近车底的地方有一个带听筒的绿色发报机铁盒。在方向盘前面的墙上有两个发黑的小圆透镜，就像门上的猫眼，透过它们，可以看到前轮的边缘和一个装饰用的机械臂。另一边挂着一台收音机——最常见的红色塑料材质砖头块收音机，黑色的音量调节旋钮（飞行指挥官解释说，为了克服与国家的心理隔阂，所有的苏联航天器都要转播"灯塔"广播电台）。又大又凸的外部透镜在顶部和侧面都罩上了眼罩，因此月球车仿佛长了一张脸，或者更准确地说，是一张兽脸——相当可爱，就像儿童杂志里画在西瓜和机器人上的那种。

当我第一次爬进去，车盖咔嚓一声在我头顶盖上时，我无法忍受这个逼仄不适的空间。好像不得不在车架上挂着一样，将体重分散到各个地方——把住车把的手上、放在踏板的脚上和鞍座上。鞍座与其说是承担了部分重量，不如说是限制了身体的姿势。骑自行车的人在高速骑行时会像这样俯着身子，但至少他有机会直起身子，而在这里却不是这样，因为我的背部和后脑勺几乎贴着车盖。在我开始训练大约两周后，当我逐渐习惯之后，空间似乎变得足够大了，以至于整整几个小时我都忘了它有多小。

圆圆的猫眼就在我的面前，但透镜扭曲了一切，以至于完全无法看清侧面薄薄的钢板后面是什么。但车轮正前方的一小块地面和突起的天线末端都很清晰，而且被大大放大了，其余的地方都模糊成一些折线和斑点，就像透过满是泪水的防毒面具看向狭长黑暗的走廊。

这辆车相当重，让它动起来很困难，所以我开始怀疑自己能否开着它在月球的荒漠上行驶七十公里。即便是绕着院子转一圈，我都累得不行，背很酸，肩膀和腰也很疼。

现在，每隔一天，把米季科替下来时，我会坐电梯上去，到院子里，脱得只剩短裤和背心，钻进月球车里待很长时间，为了加强我的腿部肌肉，我会在院子里驱赶着母鸡转好多圈，有时甚至会把它们碾死——当然，我不是故意这样做的，只是透过光学仪器，很难把一只磨蹭的鸡和一张报纸，或是被风从晾衣绳上吹下来的裹脚布区分开来，况且我横竖都来不及刹车。起初，乌尔恰金上校坐着轮椅走在我前面，给我指路——通过透镜，他看起来就像一个模糊的灰绿色斑点。但渐渐地，我操作得熟练起来，以至于可以闭着眼睛绕院子开一圈——我只需要以特定的角度转动方向盘，车子就会平稳地绕一圈，回到它起始的位置。有时我甚至不再看着猫眼，只让肌肉来操作，我则低着头琢磨自己的事。有时我去回忆童年，有时我会想象，正急速逼近的死亡时刻会是什么样子；有时我会思考脑海中再次涌现出来的老问题。比方说，我经常想：我究竟是谁？

应该说，早在小时候，清晨醒来，盯着天花板，我就想过这个问题。后来，我长大一些，在学校里寻找答案，但我听到的唯一回答就是：意识是高度有组织的物质的机能。我不明白这句话的意思，我仍然想知道——我是怎么看到的？看到东西的这个我是谁呢？"看到"究竟意味着什么？我看到的是外部的东西，还是只是在看自己？那么在我外部和内部的是什么呢？我常常觉得自己即将揭晓谜底，但当我试图向它迈出最后一步时，又迷失了那个刚刚还即将摸到谜底的"我"。

当姑妈去工作时，她经常拜托一位邻居老太太照看我，我问了她这些问题，并心满意足地感受着，她回答这些问题是多么吃力。

"奥莫奇卡①,在你的身体里有一个灵魂,"她说,"这个灵魂通过一个小孔向外看,它住在身体里,就像你的仓鼠住在罐子里一样。这个灵魂是上帝的一部分,它创造了我们所有人。所以你就是那个灵魂。"

"为什么上帝要把我放在这个罐子里?"我问。

"不知道。"老太太说。

"那上帝自己住在哪里呢?"

"他无处不在。"老太太边说边用手比画着。

"所以,我也是上帝吗?"我问。

"不是,"她说,"人不是上帝,但人是神一样的存在。"

"那苏联人也是神一样的存在吗?"我问道,拗口地说出这个难以理解的词。

"当然。"老太太说。

"那神有很多吗?"我又问。

"不,神只有一个。"

"那为什么手册上说有很多?"我问道,同时冲我姑妈书架上的无神论者手册点了点头。

"不知道。"

"哪个神更好呢?"

---

① 奥蒙的小称。

老太太的回答仍然是:"不知道。"

于是我问:"那我可以自己选择做哪个神吗?"

"你选吧,奥莫奇卡,"老太太笑着说。我开始翻阅字典,里面有一大堆不同的神。我尤其喜欢拉①,这个几千年前被古埃及人信仰的神。我喜欢他,可能是因为他有一个鹰头,而飞行员、宇航员以及所有那些英雄们在广播中经常被称作雄鹰。所以我决定,如果我真的像一个神,那就像这样的吧。我记得我拿出一个大笔记本,做了一些摘录:

"白天,拉照亮大地,乘坐太阳船曼杰特航行在天上的尼罗河上;夜晚,他来到太阳船麦塞克泰特上,下到地府与黑暗力量战斗,航行在地下的尼罗河上。到了早上,他又出现在地平线上。"

字典里写道,古代人无法理解地球实际上是围绕太阳旋转的,所以他们编织了这个诗意的神话。

紧接着在字典义项下方是一张古埃及图画,描绘了拉从一艘太阳船到另一艘的过程——上面画着两艘相同的靠在一起的大船,船上站着两个女孩,其中一个女孩递给另一个女孩一个圆环,里面有一只鹰隼——那就是拉。最让我喜欢的

---

① 拉,古埃及神话中的太阳神,形象为鹰头人身。公元前22世纪,埃及第十一朝法老兴建底比斯作为都城后,拉与底比斯最高神阿蒙合为阿蒙拉(Amon-Ra)。

是，在这些船上，除了很多看不懂的东西外，还有四栋非常显眼的赫鲁晓夫楼①。

从那时起，虽然我会回应"奥蒙"这个名字，但我称自己为"拉"，这是我内心奇遇的主角名字，我在睡前会闭着眼睛面向墙壁，体验这些奇遇。这个习惯一直持续到随着年龄的增长，我的幻想逐渐发生变化的时候。

我想知道，如果有人在报纸上看到一张月球车的照片，会不会想到，在这个为了在月球上行驶完七十公里然后永远停在那而造出来的铁罐子里，有个人坐在里面，通过两个玻璃透镜向外张望？不过，这又有什么区别呢。就算有人能猜到，但不管怎样他永远也不会知道那个人是我——奥蒙·拉，就像飞行指挥官曾经搂着我的肩膀，用手指着窗外绚烂的云彩时说的那样——祖国忠实的雄鹰。

---

① 在赫鲁晓夫当政时期，苏联各地兴建了一批5层楼高的小户型简易住宅楼，久而久之就被人们戏称为"赫鲁晓夫楼"。

X

在我们的课程中，还有一门课，叫作《月球概论》，算是除了我和米季卡之外所有人的选修课。这门课由一位退休的哲学博士伊万·叶夫谢耶维奇·孔德拉季耶夫来上。尽管我没有任何对他产生敌意的客观理由，而且他的课也很有趣，但不知为何我就是不太喜欢他。我记得，他和我们的第一次见面很不寻常——整整半个小时，他照着纸给我们读了各种各样有关月亮的诗，最后他自己深受感动，不得不擦了擦眼镜。当时我还记了笔记，在这门课上记了一大堆毫无意义的语录："柔曼的月亮熠耀/如一滴金色的蜜[1]……月亮，希望，平静的荣誉[2]……多少东西在这声呼唤里[3]……但是世上还有别的天地，折磨人的月光使人疲惫。强力与豪迈都无济于事，那里都永远可望不可及[4]……看惯了这一切的满月/没精打采地悬挂在天空[5]……他控制着思想的潮流，因此

---

[1] 改写自纳博科夫诗作《酒店客房》中的"柔曼的月亮熠耀/如一滴金色的蜜"，译文采用《纳博科夫诗集》，董伯韬译，上海译文出版社2022年版，第98页。

[2] 改写自普希金《致恰达耶夫》中的"爱情、希望、平静的荣誉"，译文采用查良铮先生译本。

[3] 摘自普希金《叶甫盖尼·奥涅金》第七章第36节"莫斯科……对一颗俄国人的心来说，多少东西在这声呼唤里交融"，译文采用王智量先生译本。

[4] 出自尼古拉·古米廖夫《船长们》原文，本译文选自《当今世界——古米廖夫诗选》，李海译，外国文学出版社1991年版，第64页。

[5] 出自勃洛克《陌生女郎》原文，译文采用郑体武先生译本。

得以治理月亮①……淡淡的月光凄冷清幽②……"还有一页半的内容也是这种风格。

他说了很多,也很复杂,但我记得最清楚的,是一个诗意得让我惊讶的例子:挂在链条上的摆锤使钟表运转,月亮就是这样一个摆锤,地球就是一个钟表,而生命就是齿轮的嘀嗒声和机械布谷鸟的歌唱。

我们经常进行体检,被从头到脚仔细地检查,这可以理解。因此,当听说我和米季科要接受某种"转世测试"时,我以为会是反射检查或者测血压,他们什么都没告诉我。但是,当我被叫到楼下,看到要给我做检查的专家时,我感到了一种儿时的恐惧。这种恐惧是无法抑制的,而且从不久的将来我要面对的事情来看,是完全不合时宜的。

在我面前的不是一个穿着白大褂、口袋里插着听诊器的医生,而是一个军官,一个上校,他没穿军装,而是穿着一件奇怪的带肩章的黑色长袍,又高又胖,脸色红润,好像被菜汤烫过一样。他胸前挂着一个镀镍的哨子和一个秒表,如果不是那双像重型坦克瞭望孔的眼睛,他看起来就像一个足球裁判。不过上校非常和蔼可亲,总是面带微笑,谈话快结

---

① 改写自帕斯捷尔纳克塑造列宁形象的长诗《崇高的疾病》中"他控制着思想的潮流,因此得以治理国家"。
② 出自叶赛宁同名诗作原文。

束时我放松下来了。他在一间小办公室里与我交谈，房间里只有一张桌子、两把椅子、一把包着漆布的躺椅和一扇通往另一个房间的门。在我填完一些黄黄的表格后，他让我喝了一量杯苦苦的液体，然后在我面前的桌子上放了一个小沙漏，嘱咐我等所有的沙子都漏完后再去隔壁房间找他，随即便从第二扇门出去了。

我记得，盯着沙漏时，我惊讶于沙粒通过中间的细孔竟然漏得如此之慢，直到我明白了，这是因为每一粒沙子都有自己的意志，都不愿意漏下去，因为对它们来说，这无异于死亡。但与此同时，对它们来说这也是不可避免的。我觉得，来世跟现世很像这个沙漏：当所有生灵都沿着一个向度走向死亡时，现实就会翻转，他们就会活过来，也就是开始沿着另一个向度走向死亡。

我为此难过了一会儿，然后注意到沙粒已经很久没漏下来了，这才想起来该去找上校了。我有些紧张，同时也感到异常的轻松。我记得走了很久才走到上校在后面等我的那扇门那儿，虽然实际上只有两三步远。我把手放在门把手上，推了推门，但门没有打开。于是我就去拉门，突然发现我不是在拉门，而是在拉被子。我躺在自己的床铺上，米季卡坐在我的床沿。我有点头晕。

"嘿，那里怎么样？"米季卡问道。他看起来异常兴奋。

"哪里,那里是哪里?"我问道,同时用胳膊肘撑起身子,试图弄清楚发生了什么。

"转世测试。"米季卡说。

"刚刚,"我说,我记起自己刚刚在拉门,"刚刚……不,我什么都不记得了。"

不知怎的,我感到一阵空虚和孤独,仿佛在秋天一片光秃秃的原野上走了很久。这是多么不寻常的状态啊,以至于我忘掉了其余的一切,包括近几个月来那种死亡不断逼近的感觉,这种感觉变得平淡乏味,只不过成了所有其他想法的陪衬。

"你签字了吗?"米季卡略带鄙视地问道。

"让我一个人待会儿吧。"我说着,转过身对着墙。

"刚才两个穿着黑色长袍的大脸盘儿准尉把你拖来,"他继续说道,"他们说:'带走你的埃及人吧。'而你的制服上全是呕吐物。你真的什么都不记得了吗?"

"真不记得了。"我回答。

"好吧,祝我好运,"他说,"不然我现在就走。"

"祝你好运。"我说。我现在最想睡觉,因为我觉得只要我睡得够快,那我就能再次自己醒来。

我听到米季卡吱的一声关上了身后的门,然后就已经是早上了。

"克里沃玛佐夫！飞行指挥官找你！"有人在我耳边喊道。穿好衣服后，我才彻底清醒。米季科的床铺上没有人，被褥也没有整理，而其他人都穿着背心坐在自己的位置上。我感觉空气中弥漫着某种紧张的气氛。他们面面相觑，甚至伊万也没有像往常一样，讲一些很傻但很有趣的晨间笑话。一定是出了什么事。我一路走到楼上，来到地上三层，也就是飞行指挥官办公室所在的楼层。我想弄清楚究竟发生了什么。当走在走廊里，透过窗帘，眯着眼对着很久没有看到的阳光，在拐角一个落满灰尘的大镜子里，我看到了镜中的自己。镜子里那死人般苍白的脸色让我震惊，我意识到，我的壮举其实早就已经开始了。

飞行指挥官起身走来，与我握了握手。

"训练怎么样了？"他问道。

"一切正常，飞行指挥官同志。"我说。

他用审视的目光看着我的眼睛。

"我知道了，"他过了一会说，"我知道了。奥蒙，这就是我叫你来的原因。你要帮我。拿着这个录音机。"他指了指自己面前桌子上的日本小型卡带录音机，"带着这些信笺和笔，去329室，那里现在正好没人。你以前转写过录音吗？"

"没有。"我答道。

"很简单。你放一下磁带,写下你听到的内容,然后继续播放。如果第一次没有听出来,你就多听几遍。"

"好的,那我现在可以走了吗?"

"你可以走了。等一下。我想你会明白我为什么偏偏找你来做这个。你很快会问出各种各样的问题,但在那里,没有人会回答你,"飞行指挥官用手指戳了戳地板,"我可能也不会回答你,不过我觉得,最好是让你心中有数。我不希望你用不必要的想法折磨自己。但请注意,无论是政治指导员还是机组人员,都不能让他们知道你即将发现的情况。现在发生的事有悖于我的职责。如你所见,即使是将军也会这样做。"

我默默地从桌子上拿走了录音机和几张黄色的信笺——就像我昨天看到的那些——然后我就去了329室。房间的窗户被窗帘紧紧遮住,中间是那把熟悉的金属椅,椅子的扶手和椅腿上有皮带,只是现在椅子上连着几根从墙上拉过来的电线。我在角落里一张不大的办公桌前坐下,在面前放上一张画好线的信笺,打开录音机。

"谢谢你,上校同志……很舒服,只不过是把圈椅,不是椅子,哈哈哈……当然,我很紧张。这就像一场考试,不是吗?明白了。是的,俩字母'и',斯维里坚科……"

我关掉了录音机。这是米季科的声音,但奇怪的是,他的声带仿佛不是连着肺，而是连在风匣上。他说得很轻松，声音很好听，一直在呼气。把磁带倒回去一点后，我再次按下了播放键，没有再暂停。

"……就像一场考试，不是吗？明白了。是的，俩字母'и'，斯维里坚科……不，谢谢，我不抽烟。我们组里没人抽烟。他们不会留下这样的人……是的，已经第二年了。简直都不敢相信。我还是一个小男孩的时候，就梦想着飞去月球……当然，当然。心灵纯洁的人正是如此。那还用说嘛，当整个地球在你眼皮子底下时……听说过谁在月球上？不，没听说过……哈哈哈，您在开玩笑，您真有趣……您有点奇怪，嗯，有点不寻常。您在哪里都这样，还是只在特殊部门这样？天啊，架子上有多少颅骨啊——简直就像一本本书立在那里。上面还有号牌，你看……不，我不是这个意思。我的意思是，既然它们放在那里，那就应该如此。那是鉴定书，卡片索引。我明白，我明白。您说什么……它刚刚被保存下来……而这，眼睛上方，是冰镐弄的？我的。那里之前还有两份履历表。在去拜科努尔之前的最后一次检查。是的，准备好了。所以，上校同志，我会把这一切详细地……只是谈谈自己，从小时候开始吗？不，谢谢，我很舒服……好吧，如果应该这么做的话。您应该制作这样的头枕，就像汽车上那种。否则，如果弯腰，头枕就会掉下来……嗯，我在想，为什么您的墙上有一面这样的镜子。而您把另一面放在桌上。多么粗的一支蜡烛啊……它是谁的？哈哈哈，您在开玩笑，上校同志……好家伙，说实话，我第一次见。我只是读到过可以这么做，但从没亲眼见过。太惊人了。这就像某条走廊。通向哪？通向这？天啊，您有多少镜子啊，简直跟理发店一样。不，瞧您说的，上校同志……瞧您说的，这是个老太太讲童话故事的开场白。我是一个科学的无神论者，否则我就不会去飞行学校了……我只大概记得一些事情。我11岁才去的莫斯科，而我出生在一个小镇上，您知道吗？它就在铁路边上，三天才有一列火车经过，就这样。镇上一片寂静，街道很脏，总有鹅在街上晃来晃去，还有很多酒鬼。而且一切都是灰蒙蒙的，冬天，夏天，都无关紧要。还有两家工厂，一个电影院，嗯，还有一个公园——当然，最好不要去那里。还有，您知道吗？有时，天空中传来嗡嗡声，你抬头一看，有什么好解释的呢……还有，我经常读书，我的一切优点都要归功于这些书。当然，我最喜欢的书是《仙女座星云》，它对我影响很大。试想一下，铁星……在一颗黑黢黢的星球上有一艘苏联星际飞船，上面还带有游泳池，周围是蓝色的光点，而在这片光的尽头——是充满敌意的生命，它害怕光，只能躲在黑暗中。有一些水母状的怪物，这我无法理解，还有黑色的十字架——我认为，这是在暗示有牧师。有这样一个黑色十字架，在黑暗中偷偷摸摸的，而在有蓝光的地方，人们正在工作，开采反介子燃料。然后这个黑色十字架将一些不知是什么的东西射向他们！它瞄准了艾尔格·诺尔，但妮莎·克莉特用身体护住了他。后来我们的人报了仇——对视力所及的范围都进行了核打击，妮莎·克莉特也得救了，主要的水母怪物被抓住，并且送往了莫斯科。看书的时候我就想：我们驻外使馆里的人这活儿干得漂亮！这是一本好书。我还记得另一本书，书里写了某个山洞还是什么东西……"

……

"或许不是，之后才是一个山洞，不是山洞，而是一条走廊。低矮的走廊，天花板上有火把的烟炱，那是士兵们在夜里举着火把走来走去，据说，是在护卫王子殿下免受阿卡德人的伤害，事实上，是为了防备王子的兄弟，当然……如果我说得不对，请原谅我，北塔长官大人，但这里的每个人都这么认为——无论是士兵还是仆人。即使您让我割掉舌头，任何人也都会对您说同样的话。是舒巴德女王本人将这些驻军安排在这儿的，为了防备梅斯卡拉姆杜格[1]。当他去打猎时，他总是经过南面的城墙，还有两百名戴铜尖顶帽的士兵跟着他。这是干什么，去猎狮子吗？所有人都在谈论这

---

[1] 苏美尔国王。

件事……你是什么意思？北塔长官大人，野菜嚼够了吗？我是宁胡尔萨格①，阿拉塔的祭司和印章雕刻师。我的意思是，当我长大之后会成为一名祭司和雕刻家，但我现在还小……但你在写什么，你认识我。有人送了我一根带着铜牌的缰绳。你不记得了吗？为什么……现在……我和那姆图拉坐在一起，你认识的，就是那个双耳被割掉的人，他教我雕刻三角形，这对我来说是最困难的部分。首先你要凿出两个深深的切口，然后用宽刻刀刻出第三条边，然后……嗯，忽然有人从外面蛮横地撕下了窗帘——我们抬头一看，有两个士兵站在那里。他们说，这是多大的喜事啊！我们的王子不再是王子了，而是伟大的阿巴拉吉国王！他刚出发去祭拜南娜②神，所以我们要做好准备出发了。那姆图拉高兴地哭了，用阿卡德语哼唱了些什么，开始把他的破衣烂衫打成一个结。我立刻进了院子，告诉那姆图拉去收他的雕刻刀。而院子里一阵高呼——乌尔苏胜利了！士兵们拿着火把，亮如白昼……不，不是这样的，北塔长官大人！当然不是。这只是那姆图拉一直在低声嘀咕……不，我也从来没有做出过牺牲。不必这样。我现在是伟大的阿巴拉吉国王的努恩③，你

---

① 在苏美尔神话中，宁胡尔萨格是山之神母。
② 苏美尔神话中的月亮老人，是主神恩利尔的长子。
③ 古埃及神话中的原始之水，混沌之神。

不能就这样割掉我的耳朵,这需要有皇帝的法令……好吧,我原谅你。是的,牛和战车已经就位。大主教大人走过来对我说,宁胡尔萨格,这是用我们的青铜锻造的短剑,你已经成年了。他还给了我一小袋大麦粉,作为我旅途中的干粮。然后我看到这些人戴着铜尖顶帽在院子里走来走去。好吧,我心想,乌尔苏万岁!安努①万岁!也就是说,梅斯卡拉姆杜格和阿巴拉吉已经讲和……即使这样,你怎么能与国王争吵,因为他说的每一个字都是安努!有人给我看了我的战车,我爬了上去。那里还站着一个男孩,他正牵着牛。我以前从未见过他,只记得他戴着绿松石和价格不菲的珠子做的珠串,腰带上还别着一把短剑——也是刚刚给他的。总之,我回头看了看这座堡垒,一阵忧伤涌上心头。但后来云层散开了,月光照进云隙,变得明亮起来,我一下子感觉轻松愉悦了……在马厩附近的峭壁上,他们移开了一块石板——那里就是山洞的入口。我以前不知道那儿有个山洞,真的不知道……要不然我也不会在战斗中没立功!是您!我现在想起来了。您,北塔长官大人,拿着两碗啤酒来到我们面前,说:'据说,是国王的兄弟梅斯卡拉姆杜格的酒!'而您穿着同样的裙子,只不过您的头上戴着一顶铜帽。然后我们就喝醉了,在这之前我从未喝过啤酒。然后第二个孩子

---

① 苏美尔神话中三位至尊神之一,乌鲁克城的庇护神。

喊了几句，拉紧缰绳，我们就出发了——径直进了峭壁的豁口里。我记得那条路通向下面，至于路两边是什么，我没看到，里面很黑……然后呢？然后就到了您的塔里。我是因为喝了啤酒才这样的，对吧？我会被惩罚吗？您一定要为我说情啊，北塔长官大人。告诉我情况如何，或者交出铭牌，既然大家都已经登记了。当然，铭牌在我身上……不，我不会给您的，我会自己上交的。谁给的印章？庇护人安努！你看，你真的喜欢吗？这是我自己做的，做了三次才成功。这是马尔杜克神①。什么栅栏啊，这些都是上古神。您一定要为我说情，北塔长官大人！我会给您刻三个印章。不，我没哭……我不会哭的，谢谢。您是一个睿智而强势的人，这是我的真心话。只是我哭了这件事，请不要告诉任何人……否则他们会说我算什么阿拉塔祭司啊，喝完啤酒就知道哭……我当然想。在哪里？来自南方还是北方？然后您在镜子里看到了整面墙。我明白了……嗯，我知道。这是宁利尔②在清澈的溪流中沐浴，然后去了运河岸边。母亲总是告诫她不要去河里洗澡，但她不在乎，还是去了运河岸边，嗯，然后在那里恩利尔把她肚子搞大了。然后恩利尔来到基乌尔，众神

---

① 古巴比伦宗教中的春天太阳神，古代巴比伦城的保护神，公元前18世纪以后为巴比伦万神庙中的最高神祇。

② 苏美尔神话中的"风之女主"，是恩利尔的配偶神。

会议对他说：恩利尔，你这个强奸犯，滚出这座城市！好吧，宁利尔当然跟着他……不，她没瞎。其他两个呢？好吧，那已经是后面的事情了，当恩利尔在渡口假扮守卫时，当南娜已经离宁利尔很近时……"

……

"此外，这两者只是同一事物的不同表现形式。可以这么说：赫卡忒①是黑暗神秘的一面，而塞勒涅②是光明奇妙的一面。但我承认，我对此不是很了解，但我在雅典听说过一些……我常去那里。那还是多米提安时期，我躲在那里。否则，我和您，元老，现在就不会坐在这个轿子上了……和往常一样，是对伟大的侮辱。好像主人的院子里有一尊首席元老的雕像，而旁边却埋着两个奴隶，而主人从未给自己塑过这样的雕像。即使回到涅尔瓦时期，他们也会有所顾虑。但现在在首席元老执政时期，没有什么好怕的。他派普林尼·塞孔都斯亲自来做我们的总督，这是怎样的时代啊，荣耀归于伊西斯和塞拉皮斯。难怪……不，瞧您说的，元老，我以赫拉克勒斯的名义担保！这就是我从雅典打听到的，现在那里到处都是埃及人。您这些小牌子真有趣，几乎看不到蜡。狮脸是用琥珀做的吗？你是说，科林斯青铜……我是第

---

① 希腊神话中象征暗月之夜的"黑月女神"。
② 希腊神话中的月亮女神。

一次见……您认识我——塞克斯提乌斯·鲁菲努斯①。不，出自获释的奴隶之手。这就是坐轿子的好处，如果奴隶们技艺高超的话：你就可以边坐轿子边写作。点着油灯，就像在屋子里一样，松树一闪而过……好了，首席元老，我知道你能在心里默读。我一直在给自己写诗呢。当然，我不是马提亚尔②，我把自己的芦苇笔弄钝了……'我用一曲小调唱我的歌。正如卡图卢斯③曾经唱过的那样，卡尔弗斯④和古人也唱过。这与我有什么关系呢！我更喜欢诗歌，离开了文坛……'好吧，我当然是夸张了，首席元老，但这就是诗歌。实际上，是文学让我成了基督徒受审的见证人。我去见了我们的总督。一个伟大的人……嗯，我并不完全是一个见证人。不，不，我把一切都照实写下来了。这个马克西姆，他是加利利人。人们每到晚上就聚在他那，吸着某种烟。然后他只穿着凉鞋爬到屋顶上，像公鸡一样啼叫。当看到这一幕时，我立刻明白他们是基督徒……当然，关于蝙蝠的事是我胡诌的，不要在意。反正他们只有一条路，那就是去角斗士学校。但我真的非常喜欢我们的总督。是的……他把我请到桌前，听我读诗。他极力赞扬我，然后他说："塞克斯提

---

① 是公元前124年罗马共和国执政官的名字。
② 古罗马诗人。
③ 古罗马诗人。
④ 古罗马元老院元老，曾为执政官。

乌斯,你一定要来吃饭。在满月的时候,我会派人去找你,他说。是的,他按时派人来了。我整理了我所有的诗卷,我想他一定会把它们送到罗马。我穿上了最好的长衫。不,我不能穿托加①,我不是罗马公民。我们出发了,只是不知为何往城外走。我们走了很久,我在马车上睡着了。醒来的时候,我看到了一座建筑,不知是一座别墅还是教堂,还有拿着火把的人。于是我们进去了,穿过房子,来到院子里。院子里露天摆好了一张桌子,月亮照亮了一切,它是那么的大。奴隶们告诉我,总督马上就来了,你可以躺在桌旁喝喝酒。这是你的位置,在大理石羊羔下面。我躺下,喝了一杯——周围躺着的人都一直默默地看着我。我不知道关于我的诗总督会对他们说什么……我甚至有点不自在。但随后,有人在屏风后面开始演奏竖琴,我突然感到非常高兴——这太不可思议了。我不知道自己是怎么跳起来的,开始跳起舞来……然后出现了篝火架和一些穿着黄色长衫的人。我觉得他们有点疯疯癫癫的——他们只是坐在那里,然后突然向月亮伸出手臂,开始用希腊语吟唱什么……不,我听不出来,我在跳舞,很开心。然后总督出现了——不知道为什么,他戴着一顶带有银盘的弗里吉亚帽,手里拿着一支芦笛。他的

---

① 托加长袍,或称罗马长袍,简称托加,是罗马人的身份象征,只有男子才能穿着,而没有罗马公民权者更是被禁止穿着托加。

眼睛闪闪发光。他又给我倒了一些酒。他说，你的诗写得很好，塞克斯提乌斯。然后他开始谈论月亮，和您一模一样，首席元老……等等，您当时也在那里——没错，呵呵，我一直在想，我们坐这个轿子干吗？没错，您现在穿的是托加，但当时您穿着长衫，戴着一顶弗里吉亚帽，就像总督那样。嗯，是的，而且您拿着一把带马尾的红色长矛。我觉得背对着您很尴尬，但总督一直对我说，塞克斯提乌斯，你看着赫卡忒，我为你吹奏芦笛。他开始演奏——如此的安静。我抬起头，看着，然后您开始问我关于赫卡忒和塞勒涅的事。但我是什么时候坐上您的轿子的呢？一切正常吗？嗯，荣耀也归于赫拉克勒斯，归于阿波罗和赫拉克勒斯……很好，我把它们带回去，带去给总督看。您也是个搞文学的人吗，首席元老？我看您一直在写东西，啊哈，是为了留念。您也喜欢诗歌。此刻为你而行，利娅闲庭漫步，在她的发间有一朵高贵芬芳的玫瑰。当然，来让我镶上一颗彩色宝石浮雕。没关系，雕刻很浅，不需要太多的蜡。快到了吗？谢谢您，首席元老，我的头发相当凌乱。一面这样的镜子在宗主城市要多少钱？您不知道吗？在我们比希尼亚可以用这笔钱买一栋房子。它也是科林斯青铜做的吗？银的？还有一些铭文……"

……

"没关系，我来读。嗯……'致东普鲁士伍尔夫中尉。

鲁登道夫将军。'哦，对不起，旅队长，它自己展开了。多好的香烟盒，它就像一面镜子一样闪闪发光。那么在1915年您已经是个中尉了？而且还是一名飞行员？得了吧，旅队长，这太扯了。因为这三道十字，你都不能执行飞行任务。据说，雅克①和米格战机有很多，但福格尔·冯·里希特霍芬②我们倒是有一个。如果不是这次特殊任务，我可能会待在某个空荡荡的营房里发霉……是的，我的名字写起来就像'鸟'字。当我母亲得知父亲想给我起什么名字时，她起初很不高兴。但后来巴尔杜尔·冯·席拉赫，我父亲的一个朋友，为我写了一整首诗。现在在学校里正在上……小心，有人从那边的窗户开枪……不是，墙很厚……如果他知道这个特殊任务，我可以想象他会写些什么。这本身就是一首诗。当听说要把我调到西线时，我相信他们这么做是有道理的，但当我到柏林时才得知一切。起初，我当然很恼火。我想，他们在'祖先遗产学会'③除了从前线召回战斗飞行员外，无事可做吗？但当我看到那架飞机时——圣母玛利亚！立刻

---

① 雅科夫列夫设计的飞机或直升机。

② 此处人名由德国一战期间击落敌方战机最多的王牌飞行员冯·里希特霍芬男爵的名字改写而成。

③ 即Ahnenerbe，是1935年至1945年间的纳粹德国智库组织，其创建目的是研究北欧种族的传统、历史和遗产，以便为纳粹德国的国家机器提供神秘学和意识形态支持。

就……当然不是,旅队长,我只是小时候住在意大利。是的,在我这么多年的飞行生涯中,我从未见过如此美丽的飞机。我后来才搞清楚它到底是什么——一架真正的梅塞施密特109战机,只是发动机不同,机翼更长……该死,安全带歪了……好吧,我会修好的……总之,当我踏进机库的那一刻,我立刻感到喘不过气来。它是白色的,很轻盈,好像在黑暗中闪闪发光。但真正让我吃惊的是训练。我以为我会学习怎么使用仪器,但相反,他们经常把我带到'祖先遗产学会'来见您,测量我的颅骨,而且全程都在播放瓦格纳的音乐。而我问任何问题都没有人回答。总之,那天晚上他们把我叫醒时,我以为他们又要测量我的颅骨。但并没有,窗外有两辆奔驰车停在那里,发动机隆隆地响……射得好,旅长!就在塔楼下。你到底是怎么做到的?……好了,我们上车吧,走吧。然后……是的,有一队拿着火把的党卫队员组成的封锁线。我们驶过他们身旁,驶出森林,到了一栋有柱子和机场的楼。周围一个人也没有,只有微风和天上的月亮。我以为我知道柏林附近所有的机场,但我从未见过这个机场。而我的飞机就停在跑道上,机身下挂着一个白色的东西,就像炸弹一样。但他们甚至不让我在飞机旁停留,直接把我带进了这栋楼……不,我不记得了,我只记得演奏的是瓦格纳的音乐。他们命令我脱掉衣服,像洗孩子一样给我洗澡……不，然后是手榴弹……他们在我的皮肤上搽油——您知道的，这些油散发着古老的味道，这种味道让人心情愉悦。他们给了我一套飞行服，全白的，胸前挂着我所有的奖章。好吧，福格尔，我想，这就是了……我一生都在梦想着这样的事情。然后'祖先遗产学会'的人说：请上飞机，上尉。在那里有人会告诉你一切。所有人一个接一个地与我握手，然后我就出发了。我的靴子也是白的，我担心沾上灰尘……现在……我走近飞机，那里……为什么是您，旅队长，只是没有戴这个头盔，而是戴着一顶黑色的尖顶帽……于是您开始向我解释这一切——飞至一万一千英尺，到达飞往月球的航线，按下左侧面板上的红色按钮……哦！该死！差点没按上！……他们给了我一个白色面板，然后用一个保温瓶给我倒了一点白兰地咖啡。不用了，我说，我在起飞前不喝酒，而您说话十分严厉：你知道这个咖啡是谁送来的吗，福格尔？然后我转过身来看到了他——我永远不会相信……是的，就像新闻片里一样，他甚至穿着同样一件双排扣的军服上衣。但他头上戴着一顶尖顶帽，脖子上挂着一副双筒望远镜。他的胡子比画像上的要宽一些……或许是因为有月光，他才看起来是那个样子。他挥了挥手，就像在体育场里一样……总之，我喝了咖啡，上了飞机，戴上氧气罩，然后起飞了。我立马感觉轻松了，仿佛在用两个胸腔呼吸。

我爬升到一万一千英尺,到达飞往月球的航线。月球看上去非常巨大,似乎覆盖了半个天空,我向下望去,下面的一切都是绿绿的,有一条河在闪闪发光……然后我按下按钮,机身开始向右滑行,至于是如何着陆的,我都不记得了……签字吗?您帮我勾画出来吧,这样便于记忆。谢谢……他们中的很多人都闯入了柏林吗?这就清楚了……没什么,可能是被砖头碎片砸伤的。我的鼻梁没有断……啊哈,我明白了,这没什么。可以用这个烟盒来刮胡子,而且不需要镜子……"

……

"不,不要了,我不要了。上校同志,是您亲自把它们摆在那里的,当有人点燃蜡烛的时候……那么,接下来呢——我读了几本书,然后自己做了一个小望远镜。我主要是研究月球。有一回,我甚至把自己打扮成月球车,参加学校的一次早场戏。我非常清楚地记得那个晚上……不,我们的早场戏总是在晚上举行,周六的演出改到了周一……所有的孩子都在大礼堂里,他们穿着朴素的服装,可以跳舞。而我穿着那样的东西——四肢着地,匍匐在地上,真的很像一辆月球车。大厅里演奏着音乐,每个人的脸都变得通红……我站在门边,四肢着地在空荡荡的学校里爬行。走廊里很黑,一个人都没有……我爬到一扇窗户前,月亮挂在窗外的天空中。月亮甚至不是黄色的,有些许发绿,就像库因吉的画一样，您知道吗？我把它从《女工》杂志上剪下来，挂在我的床头。就在那时，我对自己发誓，我一定要到月球上去……哈哈哈……上校同志，如果您竭尽所能，那么我一定可以去月球……后来，中学毕业后，我去了扎赖斯克飞行学校，然后就来到了这里……您了解了吗？是的，我知道，上校同志，合乎人情总是好的……在这里吗？蓝色墨水可以吗？这就对了。一颗朴实的心，一个简短的笔录……谢谢，如果可以的话，请用深红色墨水。您的墨水瓶在哪里呢？尽管，是的……上校同志，我可以问您一个问题吗？所有月壤都运到了您这里，是真的吗？我不记得了，我们机组里有人……我当然想看看，毕竟我只是在电视上看到过……嘀！这样的罐子能装多少东西，大约三百克？我可以吗？谢谢您……非常感谢……您能不能再给我一张纸，我想包得更严实一些……谢谢。我记得，沿着走廊往右走，到电梯口，然后再下来。我走不到那吗？酒劲还没过？好吧，那么，请您送送我……您又戴上了那顶尖顶帽，不知为何，我喜欢这顶帽子。我们在军队里也有这样的尖顶帽子——布琼尼帽[①]。帽子很漂亮，只是戴着有点不习惯，因为没有帽檐，帽徽圆圆的……不，我没有忘记……您说是左边？您为什么拿着火把？电工……嗯，对，通行证。请您为我照一下脚下，台

[①] 苏联红军初期的军帽。

阶很陡……就像我们的着陆舱一样。上校同志,这是个死胡同……"

砰的一声枪响,然后是一男一女齐声歌唱的两个声音。

"……高唱着歌,这首歌流传至今……"①

好像短暂地停顿了一下。

"嫩嫩的草。"女人半迟疑地唱着。

"就像草原上的孔雀石。"醇厚的男中音接着唱道。

我关掉了录音机,非常害怕。我想起了那个穿着黑色长袍,胸前挂着哨子和秒表的上校。没有人问米季卡任何问题,而他所回应的,是时而打断他独白的——轻轻的哨声。

---

① 此处演唱的这首歌曲是由利斯托夫作曲,斯维特洛夫作词的《格林纳达》。

XI

17

机组中没有一个人问我有关米季卡的事。说实话，除了我之外，他没有和任何人成为朋友，只是偶尔和奥托玩玩自制的纸牌。他的床铺已经从我们的房间里撤走了，只有挂在墙上的《女工》杂志彩色插画以及库因吉的画作《第聂伯河上的月夜》和《拜科努尔汗》提醒着我们，这世上曾经有过一个米季卡。在课堂上，每个人都装作什么都没发生过，乌尔恰金上校尤其精力充沛、和蔼可亲。

与此同时，我们的小分队似乎没有察觉到失去了一名战士。小分队已经唱完了自己的《小苹果》①。虽然没有人直接谈论，但大家都很清楚：很快就要起飞了。飞行指挥官与我们见了几面，向我们讲述了他在战争期间是如何在科夫帕克的部队中作战的。我们逐个拍了照，然后拍了一张合照，最后跟教官们一起在国旗旁拍了一张。楼上来了一些新的学员，他们与我们分开训练，但我不确定他们为何训练。据说在我们的月球之行结束后，要立即向阿尔法小行星发送一个自动探测器，但我不确定，这些新人就是那个探测器的机组成员。

九月初的一个傍晚，飞行指挥官意外地召见了我。指挥官没在办公室，接待室里的副官正翻着一本旧的《新闻周

---

① 一首水兵歌曲的名称，米季科被杀时奥蒙在录音机里听到的歌词指的正是这首歌。

刊》百无聊赖，他告诉我飞行指挥官在329室。

从329室的门后传出了说话声和类似笑声的声音。我敲了敲门，但没人回应。我又敲了敲门，拧了下门把手。

房间的天花板下面飘着一层烟雾，不知为何，这让我想起了扎赖斯克飞行学校夏季天空中的尾迹云。一个小个子日本人手脚被绑在房间中央的金属椅子上——从他飞行服袖子上的白色长方形红色圆圈的国旗我可以看出这是一个日本人。他的嘴唇又青又肿，一只眼睛在紫红色的瘀伤中间眯成了一条细缝。他的飞行服上沾满了血斑，有刚留下的，也有已经干掉，呈褐色的。兰德拉托夫在日本人面前站着，穿着闪亮的高筒靴和空军中尉的军装。窗边站着一个不高的年轻人，他身穿常服靠着墙，双手交叉放在胸前。角落里的办公桌前坐着飞行指挥官——他正心不在焉地打量着日本人，用铅笔的钝头敲着桌子。

"飞行指挥官同志！"我刚要说话，只见他挥了挥手，将散落在桌上的文件收进一个文件夹。我把目光投向了兰德拉托夫。

"嗨。"他说完，向我伸出宽大的手掌。突然，完全出乎我的意料，他穿着靴子用尽全力踹了一下那个日本人的肚子。日本人发出一声低沉的嘶叫。

"这个狗东西不想加入联合机组。"兰德拉托夫惊讶地瞪圆了眼睛，摊开双手说道。他不自然地扭了扭双脚，做了个短短的蹲跳，拍了两下靴筒。

"停，兰德拉托夫！"飞行指挥官嘟囔着，从桌子后面走了过来。

角落里传来一阵低沉凶狠的狗吠，我抬头往那一看，看见一只狗蹲坐在一个深蓝色的小碟前，上面画着一枚火箭。这是一只很老的莱卡狗，眼睛通红，但让我惊讶的不是它的眼睛，而是披在它身上的浅绿色制服，上面有着少校的肩章，胸前还有两枚勋章。

"来认识一下，这是莱卡同志，"在觉察到我的目光后，飞行指挥官说道，"首位苏联宇航员。顺便说一句，它的父母是我们的同事，也在机关工作，只不过是在北方。"

飞行指挥官手里拿着一小瓶白兰地。他把酒倒进小碟里，莱卡无精打采地想要扒他的手，但没有扒到，于是又低沉地吠了几声。

"它在我们这可伶俐着呢！"飞行指挥官笑了笑，"不过你不该到处撒尿。兰德拉托夫，去拿块抹布。"

兰德拉托夫出去了。

"天气很好，不是吗？"日本人张开嘴费力地说道，"花是樱花，人是藤原。"

飞行指挥官转身疑惑地看向那个年轻人。

"他在说胡话,中将同志。"年轻人说。

飞行指挥官从桌上拿起他的文件夹。

"来,奥蒙。"

他搂着我的肩膀,我们来到走廊。兰德拉托夫手里拿着一块抹布从我们身旁走过。他在关上329室的门时,向我使了个眼色。

"兰德拉托夫还是太年轻了,"飞行指挥官若有所思地说,"他被激怒了,不过他是一位优秀的飞行员,很有天赋。"

我们默不作声地走了几步。

"好吧,奥蒙,"飞行指挥官说,"后天我们就要去拜科努尔①了,就是这么回事。"

我等这句话已经等了几个月了,不过这句话带来的震撼依然像是一个裹着沉重螺母的雪球打到我的肚子上。

"你的代号就是你要求的那个——'拉'。本来有点困难,"飞行指挥官用手指意味深长地向上指了指,"但我们坚持了这个想法。那里只有你,"他又用手指向下指了指,"你暂时什么都不要说。"

我完全不记得曾经要求过任何人做这样的事情。

---

① 拜科努尔航天发射场,位于哈萨克斯坦西南部的克孜勒奥尔达州,是苏联的航天器发射场和导弹试验基地。

在火箭模型上进行测验课时，我只是一个旁观者——其他人都参加了，而我则坐在墙边的长椅上看着。在一周前，我在院子里通过了自己的测验。我驾驶着一辆装备齐全的月球车，在六分钟内走完了长一百米的"8"字形路线。大家都通过了测验，我们在模型前排成一列，拍了一张告别照。我没有看到告别照，但我很清楚它会怎样。前面——谢马·阿尼金穿着棉袄，手上和脸上还有机油的痕迹；在他后面——伊万·格列奇卡拄着铝制拐杖（他的残肢有时会因为地下潮湿而疼痛），他穿着长长的羊皮袄，胸前挂着一个没有扣好的氧气面罩；伊万的后面是奥托·普卢齐斯。他穿着银色宇航服，身上有些地方盖着几块黄色鸭绒毯子来保暖。他的头盔掀开，就像是在太空中被严寒冻硬的风帽；然后是季马·马丘舍维奇，他穿着同样的宇航服，只不过毯子不是鸭绒的，而是普通的绿色条纹；机组的最后一名队员是身穿学员制服的我；我身后是坐在电动轮椅上的乌尔恰金上校，在他左边是飞行指挥官。

"现在，我们去红场上拍几分钟吧，这个传统已经成为我们的优良习俗了。"当摄影师拍完后，飞行指挥官说。

我们穿过训练大厅，在小铁门前停了一会儿——停下来是为了最后再看一眼模型，它和我们即将上天的火箭一模一样。飞行指挥官从一串钥匙中找出一把，打开了墙上的一扇小铁门,然后我们走进了一条我从未来过的走廊。

我们在石墙之间绕了很久,五颜六色的电线沿石墙伸展着,走廊有好几个弯,廊顶有时变得很低,以至于我不得不弯下腰。在一个地方,我看到一处浅浅的壁龛,里面放着几束枯萎的花,旁边挂着一块不大的纪念板,上面写着:1932年,谢罗布·纳尔班江同志在这里被人用铁锹残忍杀害。然后脚下出现了一条红毯铺出来的路,走廊也变宽了,最后通向一个楼梯。

楼梯非常长,侧面是一个宽一米左右的光滑斜面,中间是一排狭窄的台阶——就像地下通道里四轮马车走的路。当我看到飞行指挥官向上推动乌尔恰金上校的轮椅之后,我明白了为什么会这样布置。当飞行指挥官累了的时候,乌尔恰金就拉起手刹,他们就停下来。因此其他人也没有走得太快,尤其是对伊万来说,通过这长长的楼梯很困难。最后,我们来到了一扇厚重的橡木门前,上面有各种徽章,飞行指挥官用钥匙开了锁,但门板受潮膨胀了,我用肩膀用力推了一下才把它打开。

日光打在我们身上,有人用手掌遮住眼睛,有人转过身去——只有乌尔恰金上校坐着不动,脸上永远带着一丝笑容。当我们适应了光线后,发现面前是克里姆林宫墙前的灰色墓碑。我已经很久没在头顶看到开阔的天空了,有点头晕。

"所有宇航员，"飞行指挥官轻声说，"所有的，不管我们国家有多少宇航员，在起飞前都要来这里，来到对每个苏联人都很神圣的墓碑和看台前，把这里的一点点东西带入太空。我们的国家走过了漫长而艰难的道路，一开始我们只有机枪车和机枪，但现在，同学们，你们用上了最复杂的自动化设备，"他顿了一下，眼睛一眨不眨，用冰冷的目光环视着我们，"这就是祖国托付给你们的，也是我和巴姆拉格·伊万诺维奇在讲课时介绍给你们的东西。我相信，在你们最后一次走过祖国大地的时候，你们也会带走红场的一点点东西，尽管这一小部分对你们每个人来说会是什么，我不知道……"

我们默默地站在地上，当时是白天，天色稍微有点阴，蓝色的云杉随风摇摆着枝丫，空气中散发着些许花的味道。钟声响了五次，飞行指挥官看了看表，拨了下表针，说我们还有几分钟时间。

我们走到了列宁墓前门的台阶上。如果不算上那两个刚换岗的哨兵，红场上根本没有人。哨兵表现出压根儿就没看到我们的样子。红场上还有三个背影，朝着斯帕斯塔楼走去。我环顾四周，汲取着我所看到和感受到的一切：国立百货商场的灰色墙壁，圣瓦西里大教堂空荡荡的"蔬菜水果"

店，历史博物馆的三角檐，还有那仿佛从大地上被掀开的灰色天空，近在咫尺，它也许还不知道自己很快就会被苏联火箭捅破。

"时间到了。"飞行指挥官说。

我们机组的人慢慢走回去，一分钟后，只剩我和乌尔恰金上校了，飞行指挥官看了看表，对着拳头咳嗽了一声，但乌尔恰金说："请稍等，中将同志。我想对奥蒙说两句话。"

飞行指挥官点了点头，走到了一个光滑的花岗岩角落后面。

"过来，孩子。"上校说。

我走到他身边，稀稀拉拉的雨滴落到红场的铺路石上。乌尔恰金抬起手摸索，我伸出手掌。他抓住我的手稍微握了握，然后拉到自己身边。我弯下腰，他开始在我耳边耳语。我听着他的话，看着他轮椅前的台阶逐渐变暗。

乌尔恰金同志说了大概两分钟，顿了很久，在沉默时，他再次握了握我的手掌，然后把手拿开了。

"你去找其他人吧。"他说。

我向舱门走了一步，又转过身来。

"那您呢？"

雨滴越来越密集地敲打着周遭。

"没关系，"他说着，从椅侧一个类似枪套的布袋里掏出一把雨伞,"我在这里转一会儿。"

　　这就是我从黄昏时的红场带走的东西——逐渐变暗的铺路石和一个穿着旧军装坐在轮椅上、打着一把不太听使唤的黑伞的瘦小身影。

　　午餐相当难吃:撒有零星几根通心粉的汤、鸡肉饭和糖煮水果。通常,在喝完糖水后,我会把所有煮烂的干果都吃了,但这次不知道为什么,我只吃了一个干瘪的苦梨就感到一阵恶心,甚至把盘子推开了。

XII

我仿佛骑着一辆水上自行车漂浮在茂密的芦苇丛中，而芦苇丛中立着巨大的电报杆。这辆自行车很怪——它并不是那种普通的自行车，在座椅前有踏板，而像是陆地自行车改装的：在两个又粗又长的浮筒之间装了一个车架，上面有"Sport"字样。完全无法理解这些芦苇、水上自行车还有我自己是从哪里来的，但我对此不是很关心。周围有这样的美景，我想一直游下去，一直看下去，可能在很长一段时间内都不会再想别的事情。天空特别美丽——地平线上飘着狭长的淡紫色云彩，宛如一个战略轰炸机中队。天气也很暖和，隐约可以听到螺旋桨拍打水花的声音以及从西方传来的远处雷声的回响。

　　随后我意识到这并不是雷声。只是平均每隔一段时间，不知是我体内还是周围，一切都在晃动，然后我的脑袋就开始嗡嗡作响。每这样晃动一次，我周围的一切——河流、芦苇、我头顶上的天空——似乎都在消损。世界变得无比熟悉，就像从茅房里把门打开一样，这一切发生得非常快，直到我突然发现，我和我的自行车不再身处芦苇丛中，也不在水面上，甚至也不在天空下，而是在一个透明的球里，它把我和周围的一切隔开了。每一次晃动都使球壁变得更坚固更厚，透过球壁的光线越来越少，直到球里变得漆黑一片。然后，我头顶上的天空为车顶所取代，昏暗的电灯亮了起来，墙壁开始变形并向我靠紧，随即扭曲成了一些搁板，上面摆满了瓶瓶罐罐之类的东西。然后，世界那有节奏的晃动变成了它一开始的样子——电话铃声。

我坐在月球车里的座椅上，握着方向盘，弓着身子贴在车架上。我身上穿着飞行棉服和毛靴，戴着皮帽，一个氧气面罩像围巾一样挂在我的脖子上。一个固定在地板上的绿色无线电盒子响了起来，我拿起了听筒。

"操你妈，你这个该死的混蛋！"一声震耳欲聋的吼叫在我耳边炸响，带着歇斯底里般的痛苦，"你在那干吗？手淫吗？"

"你是谁？"

"飞行指挥中心主任哈尔穆拉多夫上校，你睡醒了吗？"

"啊？"

"日了狗了。一分钟准备。"

"一分钟准备！"我朝听筒喊道，由于惊恐我把自己的嘴唇咬出了血，同时用另一只手紧紧抓住方向盘。

"狗，狗东西。"听筒那边呼了口气，随即开始传出含糊不清的呱呱声。显然，那个对我大喊大叫的人把听筒从嘴边拿开了，他此时正在和其他人说话。然后听筒里传来一阵嘟嘟声，我听到了另一个人的声音，说话不近人情，很机械，但是带有浓重的乌克兰口音："59，58……"

当那个人开始大声呻吟或者叫骂脏话时，我感到羞愧和震惊。我几乎做了一件无法挽回的事，这种想法盖过了其他的一切。我一边留意着耳边蹦出来的数字，一边试图回忆发生了什么，然后我意识到自己似乎没有做错什么。我只记得我突然不想吃东西了，从嘴边拿开了那杯糖煮水果，然后就离开了桌旁。我记得的下一件事就是电话响了，我要接电话。

"33……"

我发现月球车装备齐全，原本空荡荡的搁板现在堆得满满当当，在下面的搁板上，焖肉罐头上的凡士林闪闪发光，上面的搁板上放着一个测绘板、一个量杯、一个开罐器和一个装着手枪的皮套——这一切都用锁紧铁丝绑着。一个标有"易燃"字样的氧气瓶顶在我的左侧大腿上，而我的右侧大腿处是一个铝罐，上面映照着墙上亮着的一盏小灯，灯下挂着一幅有两个黑点的月球地图，下面的黑点处写着"着陆点"几个字。在地图旁，一支红色自来水笔系着线挂在上面。

"16……"

两个猫眼外面一片漆黑，果然不出所料，我意识到，月球车被整流罩遮住了。

"9，8……"

"火箭发射前的倒计时读秒，"我想起了乌尔恰金同志的话，"这不就是百万台电视加持的历史的声音吗？"

"3，2，1……点火。"

我听到下面很远的地方发出轰隆一声巨响，声音每秒都在变大，很快就超过了所有可想象到的音量极限——仿佛有成百上千个锤子在敲打火箭的钢铁机身。然后开始一阵摇晃，我的头撞到前面的墙上好几次，如果不是因为有皮帽，我的脑袋可能就开花了。几罐焖肉罐头飞到了地上，然后晃动了一下，我以为出了事故。从我还贴在耳边的听筒中，传来了一个遥远的声音：

"奥蒙！起飞！"

"出发！"我喊道。轰隆声变成了均匀有力的嗡嗡声，而晃动也变成了那种在飞驰的火车上感受到的振动。我把听筒放回听筒支架，电话马上又响了起来。

"奥蒙，你还好吗？"

这是谢马·阿尼金的声音，夹杂着一些飞行起始阶段仪器发出的单调声音。

"我还好，"我说，"但为什么我们突然……尽管……"

"我们以为发射会被取消，因为你睡得很沉。发射时刻是经过精确计算的，这会决定飞行轨迹。他们甚至派了一个士兵爬上发射塔架，他用靴子敲击整流罩来叫醒你，还有人不停地用通讯器呼叫你。"

"好吧。"

我们沉默了一会儿。

"听着,"谢马又说,"我总共只有四分钟时间,甚至更少,然后我必须让火箭分级,我们几个都已经互相道别了,但跟你……我们以后再也没法聊天了。"

我的脑海中浮现不出任何合适的词语,我唯一感到的只有尴尬和忧愁。

"奥蒙!"谢马又叫了我一声。

"嗯,谢马,"我回答说,"我在呢,我们在飞行,你明白的。"

"是的。"他说。

"你还好吗?"我问道,感觉我的问题毫无意义,甚至是侮辱性的。

"我很好。你呢?"

"我也是。你看到什么了吗?"

"什么也看不到,这里所有地方都被遮住了。声音很吵,而且摇晃得很厉害。"

"我这也是。"我说道,然后就没再说话。

"好吧,"谢马说,"我该走了,要记住,当你飞抵月球的时候,一定要记起我,好吗?"

"当然。"我说。

"只要记住第一级火箭曾经有过一个谢马就可以了,你能保证吗?"

"我保证。"

"你必须飞到月球完成一切,你听到了吗?"

"嗯。"

"到点儿了,永别了。"

"永别了,谢马。"

听筒里传来几声撞击声,然后,透过无线电干扰的噪声和发动机的轰鸣声传来了谢马的声音,他在大声唱着自己喜欢的歌:

啊,非洲的河流有这么宽广……

啊,非洲的山有这么高耸,

啊,鳄鱼,河马,

啊,猴子,抹香鲸,

啊,啊……啊,啊,啊……①

在他唱到"抹香鲸"的时候,有什么东西开始噼啪作响,就像一块帆布被撕破了一样,从听筒里一下子传出一阵短促的嘟嘟声,但在一秒钟之前,如果我没弄错的话,谢马的歌声变成了尖叫声。我再次感到一阵摇晃,背撞到了车顶

---

① 出自1977年苏联音乐电影《关于小红帽》的插曲《小红帽之歌》。

上，听筒也从我手里掉了出去。我从发动机轰鸣声的变化中猜测，二级火箭已经启动了。对谢马来说，最可怕的事情可能就是打开发动机。我想象着打碎保险器玻璃并按下红色按钮会是什么感觉，而且心里知道，一秒之后张着大口的巨大漏斗状喷嘴就会喷火。然后我想到了万尼亚，我再次抓起听筒，但听到的只有嘟嘟声。我拍打了几下听筒支架，喊道："万尼亚，万尼亚，你能听到吗？"

"怎么了？"他终于问道。

"谢马他……"

"嗯，"他说，"我都听到了。"

"你是不是也快了？"

"还有七分钟，"他说，"你知道我现在在想什么吗？"

"想什么？"

"回忆我的童年。我记得我抓过鸽子，拿着那种不大的木箱，你知道吗，就像那种装保加利亚番茄的箱子，在箱子下面撒上面包屑，将木箱侧放，在箱子下面一侧支一根棍子，棍子上系着一根约十米长的绳子。我们躲在灌木丛里或者长椅后面，当有鸽子来到箱子下面的时候，将绳子一扯，箱子就会落下。"

"对"，我说，"我们也干过。"

"你记得吗，当箱子落下时，鸽子立马就想溜掉，还会拍打翅膀撞击木箱，木箱甚至会弹起。"

"记得。"我说。

万尼亚沉默了。

与此同时，周围变得相当寒冷，呼吸也更困难了，每做一个动作我都想喘口气，就像沿着楼梯向上跑很长时间之后一样，为了吸气，我把氧气面罩扣到脸上。

"我还记得，"万尼亚说，"我们曾经用火柴上的硫黄炸过弹壳。把弹壳填满，压实，侧面留这么一个小洞，然后在小洞边上把几根火柴排成一排……"

"宇航员格列奇卡，"听筒里突然传来一个男低音，就是那个在发射前把我叫醒还骂了我一顿的声音，"做好准备。"

"明白，"万尼亚无精打采地答道，"然后用线缠住，或者用绝缘胶带缠住就更好了，因为线有时会乱。如果想从窗户扔出去，从七楼扔，这样就能保证它在半空中爆炸，需要四根火柴。还有……"

"别说话了，"男低音说，"把氧气面罩戴上。"

"好的。别用火柴盒去划火柴，最好是用烟头来引燃，否则它们可能会从小洞掉出来。"

除了那些常规的无线电干扰噪声，我没再听到任何声音。然后我又撞到墙上，听筒里传来了短促的嘟嘟声。三级火箭启动了。我的朋友万尼亚刚刚——就像他所做的一切一样平凡和简单——在四十五公里的高空去世了。他的声音并没有传到我这儿。我没有感到悲伤，相反，我感到一种奇怪的振奋和欣快。

我突然发现自己正在失去意识，我的意思是，我并不知道自己是怎么失去意识的，我只知道自己是怎么醒过来的。刚刚我好像拿着听筒贴在耳边，而现在它已经掉在地上了。我感到一阵耳鸣，在天花板下面翘起的座椅上呆呆地看着听筒。氧气面罩刚刚像围巾一样搭在我的脖子上，我摇了摇头，试图清醒过来，而面罩则掉在电话听筒旁边的地上。我意识到自己有点缺氧，伸手去够面罩，把它按在嘴上——一下子轻松多了，但我感觉自己要冻僵了。我扣上了飞行棉服的所有纽扣，立起衣领，拉下皮帽的耳罩。火箭在微微晃动。我想睡觉，虽然我知道不该这么做，但我无法控制自己——我把双手交叉放在方向盘上，随即闭上了眼睛。

我梦到了月球——就像小时候米季卡画的那样：黑色的天空，淡黄色的环形山以及远处的山脊。一只胸前挂着金星英雄奖章的熊，痛苦地龇着牙的嘴角挂着一条干涸的血迹，它抬起前腿，正缓缓朝地平线上炙热的太阳走去。突然间，它停了下来，将脑袋转向我。我感觉它在看着我。我抬起头，凝视着它那双呆滞的深蓝色眼睛。

"我，还有这整个世界，都只是某个人的念头。"熊低声说道。

我醒了过来,四周一片寂静。我的意识中一定有一部分仍然与外部世界相连,而这突如其来的寂静,对我来说就像闹钟的铃声。我弯腰看向墙上的猫眼,原来整流罩已经分离了——地球就在我眼前。

我想知道我睡了多久,但无法得出任何明确的结论。可能至少睡了几个小时。我已经很饿了,开始在顶部的搁板上摸索,因为我好像在那看到过开罐器,但是没有找到。我以为它因为摇晃而掉到了地上,于是我开始四处张望,这时电话响了。

"喂!"

"拉,接电话。奥蒙!能听到吗?"

"非常清楚,飞行指挥官同志。"

"嗯,一切似乎都很正常。在遥测设备失灵的时候,遇到点困难。你懂的,与其说是遥测设备失灵了,不如说是有人同时打开了另一个系统,因此遥测设备没有启动。甚至有几分钟失去了控制,就是在空气变稀薄的时候,你还记得吗?"

他说话很奇怪,语气很兴奋,语速很快。我认为他很紧张,尽管我脑中闪过一个猜想——他喝醉了。

"奥蒙,你把大家吓坏了。你睡得那么沉,以至于发射差点被推迟。"

"是我不好,飞行指挥官同志。"

"没事没事,这不是你的错。在去拜科努尔之前他们给你吃了很多安眠药。到目前为止,一切都很顺利。"

"我现在在哪里?"

"已经进入工作轨道了,正在向月球进发,你是不是在从卫星轨道加速的时候也睡过头了?"

"这么说来,我睡过头了。那个,奥托的任务完成了吗?"

"奥托的任务完成了。你没看到吗,整流罩已经脱离了。不过你不得不多转两圈。奥托起初很惊慌,他无论如何也不想启动火箭吊舱,我们以为他害怕了,但后来这家伙振作起来了,并且……总之,他让我们向你问好。"

"那季马呢?"

"季马?季马一切正常。惯性飞行段的着陆自动装置坏了,啊,不过他还有修正装置,马丘舍维奇,你能听到吗?"

"非常清楚。"我在听筒里听到了季马的声音。

"你暂时休息一下吧,"飞行指挥官说,"明天下午3点再联系,然后修正飞行轨迹,挂了吧。"

我挂了电话,紧贴在猫眼上,望着地球那蔚蓝色的半圆。我以前经常读到,所有宇航员从太空俯瞰我们的星球时，无一例外，都会被眼前的景象所震撼。有人写到一些奇异美丽的雾霾，写到夜半球上被灯光点亮的城市就像一团团巨大的篝火，而在昼半球，甚至可以看到河流——好吧，这些都不是真的。透过防毒面具那雾蒙蒙的玻璃，从太空俯瞰，地球最像一个不大的教学用地球仪。这种景象很快就让我感到厌烦，我把头更舒服地靠在手上，又睡着了。

当我醒来的时候，已经看不见地球了。透过光学仪器，在我眼中，只有模糊的点点星光在闪烁着，是那么的遥不可及。我想象着有一个巨大的炽热星球，孤独地挂在冰冷的虚空中，距离相邻的闪着微弱光芒的恒星有几十亿公里，通过这些微弱的闪光点，只能知道这些恒星是存在的，也或许不存在，因为恒星可能会灭亡，但是它发出的光会继续向四面八方传播很长时间。这意味着，关于恒星，除了知道它们的生命是极其漫长和无意义的之外，我们其实一无所知，因为它们在宇宙中的一切运动都是永恒固定的，受制于力学定律，没有任何意外相遇的希望。但我想，我们人类也是如此，看似相遇了，大笑一场，互相拍拍肩膀，然后分道扬镳，但在某个特别的维度，也就是我们的意识有时会惊恐地窥探的那个地方，我们同样挂在虚空中一动不动，那里没有上下之分，也无所谓昨天和明天，没有互相接近或以某种方式表达我们意愿以及改变命运的希望。我们只能通过所接收到的虚幻闪光来判断别人发生了什么，我们终身都在向着我们所认为的光明走去，尽管光的源头可能早已不复存在了。然而，我想，我终身都在为了凌驾于工农兵和知识分子群体之上而不断前进，而现在，在闪烁的黑暗中，挂在命运和轨道的无形之线上，我感觉自己成了一个天体——这无异于在一辆沿着环形铁路不停行驶的囚车中被判终身监禁。

XIII

我们以每秒2.5公里的速度飞行，惯性飞行段大约花了三天时间，但我感觉至少已经飞行了一个星期，可能是因为太阳每天在我眼前晃好几次吧，而且每次我都能欣赏到日出日落的旷世美景。

现在巨大的火箭只剩下登月舱了，它由修正级和制动级组成，季马·马丘舍维奇坐在那里，还有降落装置，也就是平台上的月球车。为了避免浪费燃料，在从卫星轨道上加速之前，整流罩就分离了，而现在月球车外面就是外太空。把主喷口转向月球之后，登月舱仿佛在倒着飞，在我的意识中，它渐渐地和卢比扬卡那凉爽的电梯差不多，从一个下到地下的装置变成了一个爬上地面的装置。起初，登月舱在地球上空越升越高，然后渐渐发现它正在向月球靠近。但也有区别：在电梯里，不管是上去还是下去，我的头都是朝上的；而在离开环地轨道时，我是头朝下飞驰的。只是后来，经过大概一昼夜的飞行，我似乎就头朝上了，正越来越快地坠入一口黑井，我紧紧抓住车把，等待它那并不存在的车轮无声地撞向月球。

我还有时间去想这些事情，因为我暂时没有什么事情要做。我一直想和季马聊一聊，但他总是忙着进行繁杂的操作来修正轨迹。有时我拿起听筒，能听到他与飞行指挥中心的工程师们断断续续、难以理解的对话：

"43度……57度……俯仰角……偏航……"

我听了一会儿，然后通讯就中断了。按照我的理解，季马的主要任务是从一个光学仪器中观察太阳，从另一个光学仪器中观察月球，测量某些数据并将结果传回地球，地球上的人要将实际的轨迹与计算的轨迹进行校对，计算出发动机修正脉冲的持续时间。我在座椅上猛烈地颠簸了几下，照此来看，季马是可以胜任这个任务的。

当颠簸停止后，我等了半个小时，然后拿起听筒呼叫季马："季马！喂！"

"收到。"他用那一贯干巴巴的语气答道。

"怎么样，轨迹矫正完了吗？"

"我想是的。"

"难不难？"

"还行吧。"他说。

"哎，"我说，"你在哪里学到的这些，什么乱七八糟的角，我们的课上可没教过。"

"我在战略火箭部队待过两年，"他说，"那里有一个类似的导航系统，只不过是靠星体辨别方向。而且没有无线电，一切都得自己用计算器算，如果算错了，那就完蛋了。"

"如果没算错呢？"

季马沉默了。

"你当时担任什么职务?"

"作战值班员,还有战略值班员。"

"战略值班员是什么意思?"

"没什么特别的。如果在战役战术火箭里工作,你就是作战值班员;如果是在战略火箭里,那就是战略值班员。"

"累不累?"

"还行吧。跟军队外面的看门人一样,值一天班,然后休息三天。"

"所以这就是你头发白了的原因……你们那儿所有人头发都白了,对吗?"

季马又沉默了。

"是因为责任重大,对吗?"

"不,多半是因为发射训练。"他不情愿地答道。

"什么发射训练啊?啊,在《消息报》的最后一页上有一行小字写着,不能让他们驶入太平洋防区半步,是吗?"

"对。"

"这种训练经常有吗?"

"因时而异。但每个月都要抽一次火柴[1],一年十二次,整个中队二十五个人。这就是大家头发白了的原因。"

---

[1] 俄罗斯的一种抽签游戏,先拿出几根火柴,把其中一根折断,谁抽到半根的,就会被选中做惩罚。

"如果不想抽呢?"

"只是叫所谓的抽火柴。其实在训练开始之前,政治部副主任就会四处走动,给每个人一个信封,你的火柴已经在里面了。"

"如果抽到短的,不能拒绝?"

"首先,火柴不短,它很长。其次,不能拒绝。除非你申请加入宇航员大队,但这需要很大的运气。"

"很多人都很幸运吗?"

"不是的。我很幸运。"

季马回答得很不情愿,而且经常做出相当不礼貌的停顿。我想不出还有什么可问的,就挂了电话。

我下一次试图与他交谈,是在离制动还有几分钟的时候。尽管羞于承认,但我心里充斥着一种无情的好奇——季马在……之前会不会有所变化……总之,我想看看他是否会像我们上次谈话时那样拘谨,或者飞行接近尾声是否会让他更健谈一些。于是我拿起听筒,打了过去:"季马!我是奥蒙,接电话。"

我听到了回话:"两分钟后再打给我!你的收音机开着吗?快点把它打开!"

季马挂断了电话。他的声音很激动。我以为收音机在播放我们的事迹。但《灯塔》正在播放音乐。打开收音机后,我听到了合成器渐渐消失的响声，节目已经结束，几秒钟后就陷入了寂静。然后收音机里发出了准确的报时信号，我才知道现在是莫斯科的下午2点钟。又过了没多久，我拿起听筒：

"你听到了吗？"季马激动地问道。

"听到了，"我说，"但只听到了末尾。"

"你听出来了吗？"

"没有。"我说。

"那是平克·弗洛伊德①的歌——One of These Days。"

"难道是劳动人民点的歌吗？"我惊讶道。

"不，"季马说，"这是《科学生活》节目播放间歇的插曲。这首歌出自专辑《干涉》，纯粹的地下专辑。"

"你喜欢平克·弗洛伊德吗？"

"我吗？我非常喜欢，我收藏了他们的全部专辑。你觉得他们怎么样？"

这是我第一次听到季马用如此生动的语气说话。

"总体来说还好吧，"我说，"但不是所有专辑我都喜欢。他们有一张专辑，封面上画着一头奶牛。"

---

① 即Pink Floyd，1965年成立的英国摇滚乐队，最初以迷幻与太空摇滚音乐赢得知名度，而后逐渐发展为前卫摇滚音乐，代表作有《月之暗面》《迷墙》等。

"《原子心之母》。"季马说。

"我喜欢这个。我记得还有一张双专辑。他们坐在一个庭院里,墙上有一张这个院子的照片……"

"*Ummagumma*。"

"也许,在我看来,这根本就不是音乐。"

"这就对了!一坨屎,它就不是音乐!"有人在听筒里吼了起来,我们沉默了几秒。

"你别说话,"季马最后说,"你别说话。刚才最后,是新录制的《一碟秘密》,音色与 Nice Pair 中的不同,还有声乐,是吉尔摩唱的。"

"我不记得这个了。"

"那你喜欢《原子心之母》里的哪一首?"季马问道。

"你知道吗,B面有两首这样的歌:一首很安静的,有吉他伴奏;另一首有乐队伴奏。很漂亮的败笔。哒哒哒哒哒——哒啦——哒哒……"

"我知道,"季马说,"*Summer'68*,而安静的那首是 *If*"。

"可能吧,"我说,"那你喜欢哪张专辑?"

"你知道吗,没有我喜欢的唱片,"季马傲慢地说道,"我喜欢的不是专辑,而是音乐。例如,专辑《干涉》里我所喜欢的第一首歌《回声》,我听着听着就忍不住流泪了。我是借助字典翻译的:越过头顶那信天翁盘桓于夜空中……

And help me understand the best I can[①]……"

季马啜泣了一声,陷入了沉默。

"你的英语说得不错。"我说。

"是,我还在火箭部队的时候也有人这么说过,是政治部副主任说的,但我要说的不是这个。有一张专辑我从未找到过。在我最后一次休假时,我特意带着四百卢布去了莫斯科,我到处逛啊逛啊,但根本没有人听说过这个专辑的名字。"

"什么专辑?"

"说了你也不知道,一部电影的配乐,叫作 Zabriskie Point。Z-a-b-r-i-s-k-i-e……Zabriskie Point。"

"啊,"我说,"这个我有,不过不是唱片,是卷轴式录音带,也没什么特别的……季马,你怎么不说话了?嘿,季马!"

听筒里有什么东西噼里啪啦响了很久,然后季马问道:"这听起来像什么?"

"该怎么解释呢?"我思索了一会,"你听过《莫莱》吗?"

"嗯,不过不是《莫莱》,而是 More。"

"差不多。只不过里面没有人声,是一个原声带。如果

[①] 译为"以此帮助我明白我之所能"。

你听过《莫莱》，你就算是听过 More 了。典型的'平克'风——萨克斯，合成器。B 面……"

听筒里传来一阵嘟嘟声，我的脑壳里充斥着哈尔穆拉多夫的吼声："拉，接电话！你他妈的在瞎扯什么呢？吃饱了撑的吗？准备自动化装置软着陆！"

"是的，自动化系统已就位！"季马恼火地回答。

"然后沿月球垂直方向开始减速发动机轴向定位！"

"好吧。"

透过月球车的猫眼向太空望去，我看到了月球，已经离得非常近了——眼前的场景让我想起了佩特留拉①的旗。如果月球上半部分是蓝色而不是黑色的话，就更像了。电话铃响了，我拿起听筒，还是哈尔穆拉多夫："注意！数到三以后，根据无线电测高仪的指令，启动减速发动机！"

"明白。"季马答道。

"1……2……"

我挂断了电话。

发动机启动了。它断断续续地运行着，大约二十分钟后，我的肩膀突然撞到了墙上，然后背部撞到了车顶，周围的一切都在振动，发出难以忍受的隆隆声；我意识到，季马已经不辞而别，永垂不朽了。但我没有觉得遗憾——除了我

---

① 1918—1919 年在乌克兰的佩特留拉匪帮反革命活动。

们最后一次谈话外,他总是沉默寡言,不苟言笑,不知怎的,在我看来,在洲际弹道火箭吊舱里坐了几天,他已经明白了一些特别的东西,这些东西使他永远不需要问好和道别。

我没有注意到是什么时候着陆的。晃动和隆隆声突然停止了,当从猫眼向外看时,我看到了与起飞前一样的漆黑一片。起初我以为发生了什么意外,但后来我想起,按照计划我应该会在月球的夜间降落。

我自己也不知道怎么办,等了一会儿,然后电话突然响了。

"我是哈尔穆拉多夫,"一个声音说道,"一切正常吗?"

"是的,上校同志。"

"现在遥测启动,"他说,"导轨会降下,你下到月表去,然后报告一下情况。要轻轻地制动,明白吗?"

在把听筒从嘴边拿开时,他更小声地说了一句:"地——下——专辑。都是些什么狗东西。"

月球车摇晃了一下,外面传来了微弱的撞击声。

"前进。"哈尔穆拉多夫说。

这可能是我的任务中最困难的部分——我必须经过摊开在月表的两条狭窄导轨驶出降落装置。导轨上有特殊的凹槽,月球车车轮上的轮缘与之匹配,所以在上面不可能打滑，但还有一个危险状况，那就是其中一条导轨落到了岩石上，那么月球车在下到月表时可能会倾斜和翻倒。我踩了几下踏板，感觉这台巨大的机器向前倾斜，自己动了起来。我按下了刹车，但惯性更强，月球车被惯性拽了下来。突然，有什么东西哐当一声，刹车失灵了，我的脚飞快地向后钩了几下踏板，月球车不受控制地向前滚动，摇晃着立住，八个轮子都着地了。

我抵达了月球。但我并没有因此生发出任何情绪，我在想怎样才能把降落链条放好。当我终于成功的时候，电话响了，是飞行指挥官，他的声音正式而庄重："克里沃马佐夫同志！我代表飞行控制中心在座的所有飞行指挥人员，祝贺苏联'月球-17Б'自动站在月球软着陆！"

听到一阵掌声，我知道他们在开香槟。音乐响了起来——是某支进行曲。我勉强能听到，音乐几乎被听筒里的噼啪声淹没了。

XIV

我儿时对未来的梦想源于那些离群索居的夜晚所固有的淡淡忧伤。我躺在别人篝火余烬旁的草地上,身边躺着自行车,太阳刚刚落山,几抹淡紫色的云带荡漾在西边的天际,而东边的天幕上已经星光初现。

虽然我见识和经历过的不多,但我有很多喜欢的东西。有很多东西我曾经从旁经过,觉得以后会再次遇到,结果却永远彻底地错过了。我将再次遇到这些东西的希望寄托在了飞往月球的旅途上。我哪里会知道,每次看到生命中最美好的事物,都是捎带着看看?小时候,我经常想象太空里的景象——死气沉沉的光照射着,坑坑洼洼的戈壁平原,远处尖耸的山脉。漆黑的天空中,太阳像一块巨大的焦木熊熊燃烧,星星闪闪发光。我想象着厚达数米的太空尘埃,想象着在月球表面一动不动躺了几十亿年的石头——不知为何,我对一块石头可以在同一个地方一动不动躺这么久的想法印象非常深刻。我会突然弯下腰,隔着厚厚的太空服把它捡起来。我想象着抬起头会看到蔚蓝色的地球,就像隔着沾满泪水的防毒面具玻璃,看着微微扭曲的教学用地球仪,而我生命中这至高无上的一秒钟将我与所有那些我感觉已经临近某些不可思议和奇妙事物的时刻联系起来。

事实上,月球是一个很狭小的空间,又黑又闷,只是偶尔闪过一道昏暗的电光。透过黑洞洞的猫眼望去,一路都是漆黑一片，我的手横放在方向盘上，头靠在手上，蜷缩着睡得很不安稳、不舒服。

我移动得很缓慢，每天大约五公里，对自己周遭的情况一无所知。尽管这个永远漆黑一片的王国可能压根什么都看不到——除了我以外，这里没有人能以某种方式看到什么，而我为了避免电量耗尽，也没有打开车灯。我脚下的土地显然是平坦的，因为车子开得很平稳，但是方向盘根本无法转动——显然，它在着陆时卡住了，所以我只能转动踏板。厕所用起来非常不方便，所以我宁可忍到最后一刻，就像以前在幼儿园午休时那样。但我的太空之旅毕竟如此漫长，所以我没有让阴郁的想法笼罩着自己，甚至还感觉很幸福。

时间一天天过去了，我只有把头靠在方向盘上睡觉时才会停车。罐头焖肉慢慢地快吃完了，铁桶里的水也越来越少。每天晚上，我都会在眼前的地图上把红线延长一厘米，红线也越来越接近那个小黑圈，但不会超过它。这个小黑圈看起来像个地铁站的符号，但没有标注名称，这让我非常恼火，于是我在旁边写道："Zabriskie Point"[①]。

[①] 扎布里斯基角，位于美国加利福尼亚州的死亡谷国家公园以东，以侵蚀地貌而著名，因其难以穿越的地形，这里也被称作荒地。《扎布里斯基角》同时还是平克乐队为1970年安东尼奥尼执导的同名电影所做的背景音乐的专辑，电影讲述的是越战期间一位在美国学生民主运动中失手打死警察的洛杉矶大学学生的逃亡故事。

*　*　*

我用右手攥着上衣口袋里的一个镀镍小球,对着印有"长城"字样的商标看了一个小时。我幻想着温暖的风吹过遥远的中国田野,地板上烦人的电话铃声并没有引起我的兴趣,但过了一会儿,我终究还是拿起了听筒:

"拉,收到请回答!你为什么不回答?为什么灯亮着?为什么要停下?通过遥测我什么都能看到。"

"我在休息,飞行指挥官同志。"

"你报一下计数器读数!"

我看了看窗口的小钢筒,上面有数字。

"32.7公里。"

"现在关上灯,听着,我们正在看地图——你恰好快到了。"

我心里一紧,尽管我知道离地图上那个像枪口一样的黑圈还有很远一段距离。

"快到哪里了?"

"快到月球-17Б的着陆舱了。"

"我就是月球-17Б。"我说。

"那又怎样,他们也是。"

我觉得他又喝醉了,但我明白他说的是什么。那是一次月壤采样的勘察任务,当时有两名宇航员降落到月球,即帕休克·德拉奇和祖拉布·帕尔茨瓦尼亚。他们带了一个小型火箭,用它向地球发送了五百克的月壤,之后他们在月球表面待了一分半钟,就开枪自杀了。

"注意,奥蒙!"飞行指挥官说,"现在请注意,减速并打开车灯。"

我按下开关,眼睛紧贴在猫眼的黑色镜片上。镜片的折射使月球车周围的黑暗似乎聚拢成一个拱顶,像一个向前延伸的无尽隧道。我只能看清一小段岩石地面,粗糙不平,显然是古老的玄武岩。与我的行进路线垂直的方向,每隔一米半左右地面上就有一些不高的隆起,类似于沙漠中的沙丘,奇怪的是,我移动时根本感觉不到它们。

"怎么样了?"听筒里传来声音。

"什么也没发现。"我说。

"关上车灯,继续前进。慢慢来。"

我又行驶了约四十分钟。然后,月球车撞到了什么东西。我拿起听筒。

"地球,收到请回答。好像有什么东西。"

"打开车灯。"

就在我的视野中心,有两只戴着黑色皮手套的手:右手张开的手指握着一个铲子的把手,铲子里还有一些混有小石子的沙子,而左手则紧握着一把闪着微光的马卡洛夫手枪。在双手之间可以看到一些黑乎乎的东西。细看之后,我看出了军大衣立着的领子和上面露出来的棉帽，一个人躺在地上，肩膀和头部被月球车的车轮挡住了。

"怎么了，奥蒙？"听筒里的人对着我的耳朵呼气。

我简要地描述了一下我眼前的情况。

"还有肩章，什么肩章？"

"看不清。"

"向后退半米。"

"月球车没法倒退，"我说，"脚刹。"

"啊，你跟总设计师说，"飞行指挥官嘟囔道，"常言道，要是知道自己会在哪儿跌倒，那就得在底下铺一些干草。①我在想他是谁——祖拉布还是帕休克。祖拉布是一名上尉，帕休克是一名少校。好吧，关掉车灯，不然电池会用完的。"

"好的。"我说，但在执行命令之前，我又看了看那只一动不动的手和皮帽上的毛毡。有一阵子我卡在原地不能动弹，但后来我咬紧牙关，用上我全身的劲儿踩动踏板。月球车猛地向上一冲，一秒钟后又落下了。

"前进，"哈尔穆拉多夫接替飞行指挥官说道，"你快没时间了。"

为了节省电量，大部分时间我都在摸黑操作，同时狂踩脚踏板，只在看指南针时才开几秒钟的灯，尽管这毫无意

---

①改写自俄罗斯谚语，Знал бы, где упасть, соломки бы подостлал，作者把谚语中的"麦秸"换成了"干草"。

义，因为无论如何方向盘都不起作用。但是地球上的人命令我这么做。我很难描述这种感觉：漆黑一片、闷热局促的空间、额头上滴下的汗水、轻微的晃动——可能与胎儿在母亲子宫里的感觉相似。

我意识到，我正身处月球。但是，我与地球之间的遥远距离对我来说是一个纯粹的抽象概念。我觉得，与我通话的人就在附近——不是因为听筒中他们的声音清晰可闻，而是因为我无法想象我们的工作关系和个人感情，这种完全无形的东西，怎么会延伸到几十万公里之外将我们联系起来。但最奇怪的是，把我和童年联系在一起的回忆，也被拉长了同样不可思议的距离。

莫斯科附近有个坐落在公路边上的村子，我还在上中学的时候，常在那里过暑假。我的大部分时间都在自行车的座椅上度过，有时一天要骑三四十公里。自行车调得很不舒服：车把太低，不得不使劲弓着身子趴在车把上——就跟在月球车里一样。而现在，可能是因为身体长期摆出这种姿势，我开始出现了轻微的幻觉。我会莫名其妙地打盹儿，那种实实在在地睡着——在黑暗中特别容易，我觉得仿佛看到了车下面落在向后飞驰的柏油路上的影子，看到了公路中间的白色虚线，吸入了弥漫着汽油味道的空气。我开始觉得，我可以听到过往卡车的轰鸣声和轮胎与柏油路摩擦的沙沙声，只有与地球的例行通讯才能让我清醒过来。但稍后我又从月球的现实中挣脱，转到了莫斯科近郊的公路上。原来，在那里度过的几个小时对我来说意义如此重大。

有一天，孔德拉季耶夫同志与我取得联系，他开始朗诵一首关于月亮的诗。在我还不知道该如何礼貌地请他停下来的时候，他突然开始读起了一首诗。从听到诗的第一行开始，我就觉得这首诗是我灵魂的写照。

我们曾如此确信生命的连续，

但如今我回望——我却惊讶

你啊，我的青春，与我

在色调上何其不同，没一个特征是真实的。

若有人探究那份延续，它毋宁像——月光

横亘在你与我、浅滩与沉没之间，

否则就是我从后面望着电线杆和你，

而你骑着准赛车冲入月球。

你早已……①

---

① 引自纳博科夫的诗《我们曾如此确信》，个别词语有所改动，原文为"我们曾如此确信生命的连续，/但如今我回望——我却惊讶/你啊，我的青春，与我/在色调上何其不同，在特征上多么失真。/若有人探究那份延续，它毋宁像浪涛的薄雾/横亘在你与我、浅滩与沉没之间，/否则就是我从后面望着电线杆和你，/而你骑着准赛车冲入暮色。/你早已……"，译文出自《纳博科夫诗集》，董伯韬译，上海译文出版社，2022年版，第139页。

我轻轻地抽泣着,孔德拉季耶夫同志立即停了下来。

"后面呢?"我问道。

"忘了,"孔德拉季耶夫同志说,"一点也想不起来了。"

我不信他的话,但我知道争论或是请求都无济于事。

"你现在在想什么呢?"他问道。

"什么也没想。"我说。

"这不可能,"他说,"你脑中一定有什么想法。真的,说说吧。"

"我经常回想起我的童年,"我不情愿地说道,"就像在骑自行车一样,很像。直到现在我还是不明白——我以为我在骑自行车,车把还是那么低,前面好像有光,还有清新的微风……"

我沉默了。

"啊?你不明白什么?"

"我本来好像在去运河的路上……所以我在去往哪里……"

孔德拉季耶夫同志沉默了几分钟,然后悄悄地挂断了电话。

我打开了"灯塔"电台,顺便说一句,我并非真的相信那是"灯塔"电台,尽管他们每隔两分钟就向我证明一下自己。

"来自小别列赫瓦特村的玛利娅·伊万诺夫娜·普拉胡塔为祖国奉献了七个儿子,"一个女性的声音,在工作日的中午,响彻遥远的俄罗斯,"其中两人,伊万·普拉胡塔和瓦西里·普拉胡塔,现在在军队中服役,在内务部的坦克部队。他们要为母亲点播一首诙谐歌曲《茶炊》。我们满足你们的要求,孩子们。玛利娅·伊万诺夫娜,今天为您演唱的是苏联人民谐星阿尔乔姆·普拉胡塔。他欣然答应了我们的请求。他作为上士比他的兄弟们早八年复员了。"

多木拉琴①的声音响了起来,铙钹砰砰地响了两三下,一个饱含感情的声音,"p"这个音挤得特别重,就像在公交车上挤人一样,开始唱道:"嗬,开——水——噗噗——响!"

我挂了电话。这些话让我不由得哆嗦了一下。我想起了季马的白头和《原子心之母》封面上的奶牛,后背微微一阵冷颤。我等了一两分钟,估摸歌曲已经播完,然后才转动黑色旋钮。有那么一秒钟很安静,然后一个男中音,在安静了一秒后,突然迎面来了一嗓子:

敌人来了茶送上,

---

① 俄罗斯民间拨弦乐器。

还有开水滚又烫！①

这次我等了很久，当我再次打开收音机时，主持人说：

"让我们记住我们的宇航员和所有那些为了他们在地面辛勤工作的人们。今天为他们……"

我突然沉浸在自己的思绪中，或者更确切地说，是沉浸在其中一个想法中，仿佛在冰层下一样。几分钟后，当遥远的低音合唱团正在演唱一首新歌的尾声时，我才又听到了声音。但是，尽管我与现实完全脱节，我还是不自觉地继续踩着踏板，右腿的膝盖用力地移向一侧，这样我感觉毛皮靴在我身上磨出的水泡会少一点。

这就是让我震惊的地方。

假如，现在闭上眼睛，我发现自己可以出现在任何地方——在莫斯科近郊一条洁净的公路上。可以看到我眼前并不存在的柏油路、树叶和太阳，它们对我来说变得如此真实，就好像我真的在以最喜欢的第二宇宙速度冲下坡。假如，忘掉那个距离已经不是太远的"Zabriskie Point"之后，我还能开心个几秒钟——这是不是意味着，此时已经等同于童年时代那个我沉浸在夏日世界的幸福之中，骑着自行车沿

---

① 1940—1941年创作的苏联歌曲《茶炊-火绳枪》，"茶炊-火绳枪"喻指1941年刚投入战场的一种威力巨大的新型武器——BM-13型火箭炮，即后来的"卡秋莎"炮。图拉以制造兵器和茶炊著名，词曲风格诙谐，把图拉新研制的火箭炮比作新式茶炊。

柏油路向前飞驰，迎着风和阳光，完全不在乎前方等待我的是什么的时刻；这是不是意味着，此时已经等同于那个我疾驰在漆黑、死寂的月球表面上，看到的只是透过包裹我的月球车那个扭曲的猫眼潜入我意识中的东西的时刻？

  永别了，麦穗，

  明日我们奔赴太空。

  窗户周围

  月球同志

漆黑的天际里只有……

XV

这里有一块牌子，有金色尖形轮廓的卷边花饰和字样，周围环绕着箔片制成的两个橄榄枝。我经常经过这个地方，但周围总是有人，当着他们的面，我不敢靠近。我仔细看了看整个结构。这是一个相当大的、一米高的图板，覆盖着深红色的天鹅绒。它由两个铰链挂在墙上，下面被几个小钩子托着，紧紧贴在墙上。我环顾四周，午休时间还没结束，走廊里没有人。我走到窗前——通往食堂的林荫路空无一人，只有两辆月球车从远处的小路尽头慢慢向我驶来，我认出了月球车里的辅导员尤拉和列娜。四周一片寂静，只有从一楼传来的乒乓球撞击桌子的微弱声音——一想到有人有权在午休时间打乒乓球，我就满心忧郁。解开小钩，我把图板拉到身旁。一个方形的墙壁打开了，墙壁中央有一个金色的开关。心口窝儿疼得越来越厉害，我伸出手把开关向上一拉。

响起一阵微弱的嘟嘟声，在知道那是什么声音之前，我一度觉得我对周围的世界和我自己做出了什么可怕的事。嘟嘟声再次响起，声音更大了，我突然意识到，开关、打开的深红色小门以及我所在的整个走廊都是假的，因为事实上我并没有站在有开关的墙边，而是以一种不舒服的姿势驼着背坐在一个极其逼仄的空间中。又是一阵嘟嘟声，几秒钟后，我周围一辆月球车聚拢了起来。又是一阵嘟嘟声，我脑海中闪过一个念头：昨天，在我把头靠在方向盘上之前，我已经在地图上把红线准确地画到了标有"Zabriskie Point"的黑圈处。

电话响了。

"睡够了吗,混蛋?"听筒里哈尔穆拉多夫上校的吼声震耳欲聋。

"你才是混蛋。"我突然很生气地说。

哈尔穆拉多夫爽朗地哈哈大笑起来,极具感染力——我知道他完全没有生气。

"飞行指挥中心又只剩下我一个人了。咱们的人去了日本,磋商联合飞行的问题。普哈泽尔·弗拉季连诺维奇向你问好,对于没能跟你告别,他觉得很遗憾——在最后一刻他才拿定的主意。而我是因为你才留在这里的。那么,你今天要安放无线电信标吗?你好像已经受够了?你高兴吗?"

我没有说话。

"你在生我的气,对吗,奥蒙?因为那天我说你是个该死的混蛋?别放在心上。你他妈把整个飞行指挥中心给晾在一边,起飞差点取消,"哈尔穆拉多夫说,他沉默了一会儿,"说实话,你跟个婆娘一样……你到底是不是个男人?更何况是在这样的当口。你回想一下。"

"我记得。"我说。

"尽量把扣子扣紧,"哈尔穆拉多夫操心说,"尤其是脖子底下，脸的话……"

"这些我比你更清楚。"我打断了他的话。

"先是眼镜，然后是围巾，最后是皮帽。一定要把它系在你的下巴下面。还有手套。用麻绳绑住袖子和毛靴——真空可不是开玩笑的。那么大概三分钟就够了，你都明白了吗？"

"明白了。"

"操，别说'明白了'，要说'是的'。准备好了，你就报告。"

据说，在生命的最后时刻，自己的一生会在眼前飞速闪现。我不清楚。无论我如何尝试，在我身上都没出现这样的事情。相反，我清晰地想象着在日本的兰德拉托夫——穿着新买的高价运动鞋，在清晨阳光明媚的街道上走着，面带微笑，甚至可能不记得他刚刚把鞋穿在了哪。我也想象着其他人——飞行指挥官，变成了一个穿着西装三件套的老年知识分子；而孔德拉季耶夫同志，正面对着《时代》节目的记者接受深思熟虑的采访。我脑海中没有一个与自己有关的想法。为了平静下来，我打开了"灯塔"电台，听着一首和缓的歌曲。歌曲讲的是河对岸远处亮起的灯火，讲的是低垂的头、破碎的心和除了镣铐外一无所有的白卫兵。我想起很久很久以前，小时候，我戴着防毒面具在油毡上爬行，轻轻地跟着远处的扬声器附和,悄声唱着:"原来这里是——白军——的防线!"①

突然间,收音机关了,电话响了。

"怎么样,"哈尔穆拉多夫问,"你准备好了吗?"

"还没有,"我答道,"你急什么?"

"你真是个废物,小子,"哈尔穆拉多夫说,"你的档案里写着,除了我们枪毙的那个傻逼之外,你小时候没有其他朋友。你偶尔会想念别人吗?我不会再去打网球了。"

不知道为什么,一想到哈尔穆拉多夫很快就会穿着白色短裤露着肥胖的大腿站在卢日尼基球场上,用网球敲打着柏油路,而我却哪也去不了,我就觉得无比生气——不是因为我嫉妒他,而是因为我突然清楚地想起了我学生时代在卢日尼基那个晴朗的九月天。但后来我意识到,当我没了之后,哈尔穆拉多夫和卢日尼基也会没的,这个想法驱散了我从梦中带出的忧郁。

"想念别人?还有哪些人?"我悄悄地问,"不过,瞎扯。你走吧,我自己能搞定。"

"你快得了吧。"

---

① 出自1920年代苏联共青团歌曲《远在小河对岸》,1975年苏联电影《钢铁是怎样炼成的》插曲,1999年央视版《钢铁是怎样炼成的》电视剧片尾曲。

"真的，你走吧。"

"得了吧，得了吧，"哈尔穆拉多夫严肃地说，"我得结束行动，登记来自月球的信号，写上莫斯科时间。你最好快点做。"

"兰德拉托夫也在日本吗？"我突然问道。

"你问这个干吗？"哈尔穆拉多夫怀疑地嘀咕道。

"没什么，只是想起他来了。"

"为什么你会想起他？告诉我，嗯？"

"就是想起来了，"我回答，"我想起他在结业考试时跳过卡林卡舞。"

"明白了。嘿，兰德拉托夫，你在日本吗？这里有人在打听你的情况。"

一阵笑声响起，还有手指握着听筒的声音吱吱作响。

"他在这儿，"哈尔穆拉多夫终于说道，"他向你问好。"

"也代我向他问好。好吧，开始吧。"

"把舱门推开，"哈尔穆拉多夫快速地重复着我熟知的指令，"立即抓住方向盘，以免被空气甩出舱外。然后透过围巾用氧气面罩呼吸再爬出来。朝你行进的方向走十五步，拿出无线电信标，将它放好，然后开机。注意，要拿得远远的，否则月球车会把信号屏蔽掉……然后……我们给你留了把手枪，里面只有一颗子弹，我们宇航员大队从来没有胆小鬼。"

我挂断了电话。电话又响了,但我没有理会。有那么一瞬间,我产生了不打开无线电信标的念头,这样哈尔穆拉多夫这个混蛋就会在飞行指挥中心里坐上一天,然后受到训斥,但我想起了谢马·阿尼金和他的话:我一定要飞到月球完成一切。我不能背叛第一级和第二级火箭的人以及登月舱里沉默的季马,他们为了让我来到这里而死,在他们高尚而短暂的生命面前,对哈尔穆拉多夫的愤怒在我看来是微不足道和可耻的。当我意识到马上——再过几秒钟,我就会鼓起勇气,做我该做的一切,电话就不响了。

我开始准备,半小时后我准备好了。在用油浸棉花制成的特殊密封棉塞紧紧塞住耳朵和鼻孔后,我检查了我的衣服——所有地方都扣好、整理好了,系得紧紧的;但摩托车护目镜的松紧带太紧了,卡在我的脸上,不过我没有在意,反正也没有多少时间了。我从搁板上的皮套中取出手枪,扣上扳机,然后塞进上衣口袋,再把装有无线电信标的袋子挂在左肩上。我刚要把手放在听筒上,这才想起耳朵已经用棉塞捂住了,而且我实在不想将生命的最后时刻浪费在与哈尔穆拉多夫的谈话上。我想起了我与季马的最后一次谈话,觉得我在有关 *Zabriskie Point* 的事上对他撒谎是正确的。从一个保留有你某种秘密的世界离开是痛苦的。

就像要扎进水里一样，我呼了一口气，开始工作了。

在漫长的训练中，我的身体已经很好地记住了它该做什么，都不用停下，尽管我不得不在几乎完全黑暗的环境中工作，因为电池几乎已经耗尽，灯泡也不亮了——只能看到深红色的灯丝。首先，应该拆除舱门周围的五颗螺丝。当最后一颗螺丝叮当一声掉在地上时，我摸索着找到了墙上应急门的玻璃窗，然后用最后一罐焖肉罐头狠狠地砸在玻璃上——玻璃碎了。我把手伸出窗户，用手指钩住传爆管的环，朝自己的方向一拉。传爆管是用F-1型手榴弹的引信制成的，爆破有三秒钟的延迟，因此我正好有足够的时间抓住方向盘，把头尽可能地低下。过了一会儿，我头顶传来轰隆一声，震得很厉害，我差点从座椅上摔下来，但我扶住了。半秒钟过去了，我抬起头来。在我上方是黑不见底的外太空。我和它之间唯一的阻隔就是我摩托车护目镜上那薄薄的有机玻璃。四周是绝对的黑暗。我弯下腰，从氧气面罩的喇叭口深深地吸了一口气，然后笨拙地越过舷侧，站起来向前走去。每一步都要付出惊人的努力，因为我的背疼得厉害，这是我一个月来第一次直起腰。我不想一口气走完十五步，我跪下来，松开无线电信标袋上的带子，想把无线电信标拉出来，但它被一根小杆卡住，无论如何都拉不出来。保持肺部呼吸越来越困难，我有过短暂的恐慌——我觉得如果我现在死了，就没法完成任务了。又试了一下，袋子掉下来了。我把无线电信标放到了看不见的月球表面，然后转动小杆。太空中回荡着"列宁""苏联"和"和平"的口号，每隔三秒重复一次，外壳上闪烁着微弱的红光，照亮了漂浮在麦穗中的地球图案——我有生以来第一次注意到祖国的国徽描绘的是从月球上看地球的样子。

空气从我的肺里往外冲，我知道再过几秒钟我就会把它呼出来，用我烧焦的嘴吞下虚空。我抡起胳膊，把镀镍小球扔到尽可能远的地方。到死的时候了。我从口袋里掏出枪，对准自己的太阳穴，开始回忆自己短暂的一生中主要的东西，但除了马拉特·波帕迪亚的故事，我什么也想不起来。怀着这个与我无关的想法死去，在我看来是荒唐的、令人不快的，我试图想些别的东西，但却想不出来。当我拉动或扣动扳机时，枪卡壳了，但即使没有枪，这一切也不会改变；明晃晃的救生圈在我眼前浮动，我试图抓住其中一个，但抓空了，倒在冰冷的黑色月球玄武岩上。

一块尖锐的石头刺进了我的脸颊——由于围巾的缘故，我没有什么感觉，但还是很不舒服。我用手肘撑起身子，环顾四周。眼前什么都没有。我的鼻子很痒，于是打了个喷嚏，一个棉塞从鼻孔里飞了出来。然后我把围巾、眼镜和皮帽从头上扯下来，再把鼓囊囊的棉塞从耳朵和鼻孔里抽出来。我什么也听不到,但闻到了一股明显的霉味。这里很潮湿,尽管穿着棉衣,我还是感觉很冷。

我站起身,用双手在四周摸索了一阵,把手伸到面前,然后向前走去。我一下子被什么东西绊了一下,但没有摔倒。走了几步后,我的手指碰到了墙,顺着墙摸索了一阵后,我摸到了粗大下垂的电线,上面粘满了黏糊糊的绒毛。我转身向另一边走去,但走得更小心了,脚抬得很高,但走了几步之后我又被绊了一下。然后,我又摸到了墙壁和电缆。我注意到在离我大概五米远的地方有一盏微弱的红灯,照亮了一个金属五角形,于是我都想起来了。

我还没弄明白想起了什么东西,也没来得及琢磨——右边远处就出现了一道闪光。我转过头,本能地用手捂住脸。透过手指,我看到一条隧道向远方延伸,在隧道的尽头有一道亮光,照亮了被厚厚的电缆覆盖的墙壁和汇于一点的铁轨。

转过身来,我看到了停在铁轨上的月球车,车上有我长长的黑影。我赶紧退到月球车后面,挡住了铁轨上方照在我身上的刺眼光线,不知为什么,这突然让我想起了夕阳。月球车的一侧哐当一声,同一时刻,又传来了巨大的噼啪声。我意识到有人在向我开枪,立即冲到了月球车后面。又有一颗子弹打在了月球车侧面,有那么几秒钟,它像丧钟一样嗡嗡作响。车轮发出轻微的敲击声，然后接着又是一声枪响，敲击声停止了。

"嘿，克里沃马佐夫！"一个十分洪亮的声音喊道，"举起双手走出来，狗东西！有人颁给你一枚勋章！"

我小心翼翼地从月球车后面探出头来：在离我大约五十米的轨道上停着一辆轨道车，车灯很刺眼，车前一个人左手拿着扩音器，右手拿着手枪，叉着双腿摇摇晃晃。他举起武器，一声枪响过后，一颗跳弹在头顶呼啸了几声。我把头藏了起来。

"出来吧，你这个混蛋！"

他的声音很耳熟，但我无法判断是谁。

"二！"

他再次开枪，击中了月球车的车身。

"三！"

我又小心翼翼地探出头往外看，看到他把扩音器放在轨道车上，张开双臂，沿着枕木向月球车慢步小跑。当他快走近时，我听到他嘴里发出嗡嗡的声音，模仿飞机引擎的轰鸣声。我一下就认出了他——兰德拉托夫。我沿着隧道后退，但意识到一旦他跑到月球车那里，我压根无处可躲。迟疑片刻后，我躲了起来，钻进了凹凸不平的车底。

现在，我只能看到他的脚在靠近，他灵巧地踩着枕木，但走起路来却像崴了脚一样。他似乎什么都没有注意到。当他走近月球车时,他发出的嗡嗡声变了,变得更加不自然。我知道他在绕着月球车的侧舷转,他的靴子在生锈的电车车轮之间闪过。然后,出乎意料地,我抓住了他的腿。当我用手指紧紧扣住他的脚踝时,感觉他的靴子几乎空荡荡的,我恶心得差点就松开了手。他尖叫着摔倒在地,我没有松开手,柔软皮肤下的假肢不自然地脱落了。我再次拧住他的假肢,从月球车下面爬了出来。当我出来时,他正爬着去够自己的枪,枪掉在枕木之间。千钧一发之际,我抓起沉重的五角形无线电信标,用力砸向兰德拉托夫长着黄头发的后脑勺。

哗啦一声,红灯熄灭了。

兰德拉托夫的手动轨道车比我的月球车轻得多,而且跑得更快。大功率车灯照亮了圆形隧道,电缆沿着墙壁向前延伸,上面粘满了黏糊糊的纤维一样的东西。这条通道似乎是一条废弃的地铁隧道,在好几处地方从这条隧道分出了其他的隧道,这些分出的隧道也像我行驶的这条隧道一样黑乎乎的,毫无生气。有时会有老鼠沿着枕木奔跑,有些像小狗那么大,不过,谢天谢地,它们对我没什么兴趣。随后,在我的右边出现了一个侧边隧道,跟先前那些一样。但当我快要驶近时,轨道车突然向右急剧摆动,我飞到了轨道上,肩膀严重碰伤了。

原来，我所经过的岔路口是一个半弯——前轮沿铁轨向前行驶，而后轮向右转，结果轨道车死死地卡住了。我知道我将不得不在黑暗中继续前进，所以慢慢地向前走去，很遗憾，我没能带上兰德拉托夫的马卡洛夫手枪，当然，如果老鼠想要攻击我，它也未必能救我于水火。

我还没走出五十米，就听到了前面的狗吠声和叫喊声。我转身就往回跑。我身后亮起了灯。转过身，我看到两只灰色的警犬在追捕者前方的枕木上跳动。追捕者的身影看不太清，只能看到他们晃动的手电筒。没人朝我开枪——可能是怕打到狗。

"他在那儿！松鼠！箭头！抓住他！"我身后有人喊道。

我拐进侧边的隧道，以最快的速度狂奔，同时高高跳起，以免摔断腿。在踩到一只老鼠后，我差点摔倒，突然间，我看到几颗明亮的、并不闪烁的神秘星星在我右边亮着。我冲到那里，撞到了墙上。我紧紧抓住电缆翻过墙去，后背感觉到警犬正向我扑过来。翻过墙后，我掉了下来，但没有受伤，因为我落到了一个非常柔软的东西上，就像一把铺着聚乙烯的圈椅。我勉强挤进一排排包装箱之间的缝隙里，沿着缝隙爬行，有几次，我的手碰到了铺着聚乙烯的椅背和沙发扶手。然后，我周围变得更加明亮。我听到旁边有人小声说话，就停了下来。在我面前的是一个柜子的背板，一块木质纤维板，上面有"涅夫卡"几个大字。狗吠声和叫喊声从身后传来，随后而来的是一个扬声器放大的声音："停！安静！两分钟后我们开始直播。"

狗继续叫着，一个蛮横的男高音开始解释发生了什么事，但扩音器里又咆哮起来："从这个地方滚蛋！你们会和这几条狗一起被送上法庭。"

狗叫的声音逐渐平息——显然，那几条狗被拖走了。一分钟后，我鼓起勇气从衣柜后面往外看。

我的第一感觉是我来到了一个巨大的古罗马天文馆。在非常高的拱顶上，玻璃和铁片远远闪耀着星光，调到了大约三分之一的亮度。在离柜子大约四十米的地方有一辆老旧的吊车，吊杆上，离地面大约四米处，吊着"礼炮"号飞船，它的轮廓就像一个巨大的瓶子，"阿格达姆T-3"号货运飞船与其对接在一起。"礼炮"号被固定在吊杆上，就像塑料飞机模型被固定在支架腿儿上。显然，整个结构对一辆吊车来说太重了，因此，货运飞船的船头由两三根长木头撑在地上。在半明半暗中几根木头清晰可见，但当两盏聚光灯在离柜子很近的地方亮起时，就几乎看不到了。因为和后面的墙一样，它们被涂成了黑色，上面贴满了在电灯下闪闪发光的金属片。

聚光灯上覆盖着滤光片，发出的光线很奇怪，泛着灰白色，死气沉沉的。除了那艘看起来非常逼真的宇宙飞船之外，聚光灯还照亮了一台电视摄像机，上面写着大大的"Samsung"。旁边有两个人手持机枪在抽烟，还有一张长桌，上面放着几个话筒、食物和几个幽灵般透明的伏特加酒瓶，酒瓶像冰柱一样插在桌子上，桌子后面坐着两个将军，每个人看起来都有点像亨里希·博罗维克[1]。旁边有张小桌子，上面有一个话筒，后面坐着一个穿常服的人，在他背后是一块胶合板，上面写着"时间"两个字，还画着地球的图案，胶合板上斜着身子飞出一颗五角星，从侧面射出长长的一道光[2]。另一个穿常服的人靠在桌子上，正在和话筒后面的人谈论着什么。

"三组同样的镜头！"

谁说的话，我没看见。第二个穿常服的人迅速跑到电视摄像机前，将其对准小桌子。铃声响起，话筒后面的人开始清晰而缓慢地讲话："我们现在位于苏联空间科学的最前沿，飞行指挥中心的一个分部里。六年多来，宇航员阿尔缅·韦济罗夫和江布尔·梅热莱蒂斯一直在轨道上执行任务。这次

---

[1] 亨里希·阿韦里亚诺维奇·博罗维克（1929.11.16—至今），苏联记者、电影编剧、散文作家。

[2] "时间"是苏联时期的"新闻联播"节目，这里描述的是"新闻联播"片头的画面。

是历史上最长的一次飞行,使我国成为世界宇航事业的领导者。具有象征意义的是,我和摄影师尼古拉·戈尔季延科将在这里见证宇航员完成一项重要的科学任务——再过半分钟,他们要进行太空行走,安装天体物理部件'量子'"。

整个房间被一种柔和而朦胧的光线照亮——我抬头一看,发现天花板上的灯已经达到了最大亮度。浩瀚的星空尽收眼底,人类为之奋斗了数百年,编织了银钉钉入苍穹美丽而又如此幼稚的传说。

从"礼炮"号的方向传来轻轻的撞击声。这声音就像在进入地窖时,担心太猛烈的撞击会打翻门后的酸奶油罐,所以用肩膀轻轻推开因受潮而变硬的门。最后,我看到略高于飞船船体表面的舱门被掀开,随即听到了桌子后传来的声音,拿麦克风的人坐在那里说道:"注意!开始现场直播!"

舱门慢慢开启,飞船船体上方出现了一个带有短天线的圆形银色头盔。桌子后面所有人开始鼓掌。紧接着头盔之后,出现了肩膀和银色的手,他们要做的第一件事是把安全绳钩在船体一个特殊的杆上。他们的动作非常缓慢和流畅,是在游泳池中长期训练练出来的。最后,第一位宇航员进入太空,在离舱门几步远的地方停了下来——我想,站在四米高的地方一定需要很大的勇气。我以为桌子后面的一位将军在朝我的方向看,我赶紧把头缩到柜子后面,当我再次探出头时，两位宇航员已经站在飞船的表面。太空深处撒满点点星光，在漆黑的背景下飞船被映衬得格外洁白。一个人手里拿着一个小盒子，按我的理解，那就是天体物理部件"量子"。宇航员们像在水下一样沿着船体缓慢行走，在高高的桅杆前停了下来，十分迅速地将盒子拧在上面。然后他们转身面向电视摄像机，平稳地挥了挥手，以潜水员般的步伐回到舱口，在舱口处依次消失。

舱门关上了，但我盯着星星看了很久，它们在难以想象的距离外闪烁着，天鹅星座向那里伸展着细长的手臂，犹豫着该对谁张开怀抱，是半边天那么大的飞马座，还是体形小但明亮纯净得令人动容的天琴座。

与此同时，那个穿常服的人对着麦克风快速而欢畅地说道："在行动期间，飞行指挥中心一片寂静。老实说，我紧张得都喘不过气来了，但一切都很顺利。宇航员准确协调的动作不禁让人感叹——显然，他们多年来的训练和在轨任务没有白费。今天安装的科学设备……"

我爬到了柜子后面，对正在发生的一切漠不关心、无动于衷。如果他们现在抓我，我未必会试图逃跑或者反抗，我唯一想做的事就是睡觉。按照我在月球上的习惯，我把头靠在交叉的手臂上睡着了。在梦中我听到："外太空任务的电视转播是借助摄像机进行的，它由随航工程师安装在飞船核心舱的一个太阳能电池板上。"

我睡了很久,大概有五个小时。好几次听到有人在我身边搬东西和骂娘,然后一个声音尖细的女人要求我换沙发,但我却一动不动,也许这是我梦里梦到的。当我醒过来时,周围很安静。我小心翼翼地站起身,从柜子后面往外看。放麦克风的桌子后空无一人,电视摄像机用帆布盖着。一盏聚光灯亮着,照着宇宙飞船。看来没人了。我从柜子后面走了出来,环顾四周:一切都和电视转播时一样,但我注意到飞船下面的地上有一大堆垃圾,发白的纸张和罐子令人作呕。我看到有什么东西被啪嗒一声扔到了那一堆垃圾里。我走到桌旁,桌上剩下没喝完的伏特加和几盘下酒菜。我感觉特别渴,坐了下来,后背自动拱起,摆出骑自行车的姿势。我费了些力气直起身来,将剩下的伏特加倒在一起——装了满满两杯。我一杯杯倒进嘴里,又犹豫了几秒,要不要吃盘子里剩的一个腌蘑菇,但看到沾满黏液的叉子,我还是嫌弃了。

我想起了机组的同志们,想象着一个这样的或类似的大厅,地上可能还停了几个锌制的棺材——四个已封钉的和一个空的。也许,就某个方面来说,大家比我更幸福,但我还是很悲伤。然后我想到了米季科。很快我就头昏脑涨,可以思考今天的事情了。但我没有去想这些事,而是想起了我在地球上的最后一天,想起了被雨淋得发暗的红场铺路石,想

XV 179

起了乌尔恰金同志的轮椅，想起了他在我耳边低语时，温暖的嘴唇偶尔会触碰到我的耳际。

"奥蒙，我知道失去朋友对你来说有多难过，也知道从童年开始，你就与一个狡猾而经验丰富的敌人并肩走向永垂不朽——我甚至不想大声说出他的名字。但想一想我们三个人的一次谈话，他当时说：'一个人怀着什么样的思想死去有什么区别呢？要知道我们可是唯物主义者。'你记得吗？我当时说过，人死后会活在自己所做的事情之果中。但我当时没有说另一件事，最重要的一件事。记住，奥蒙，虽说人没有灵魂，但每个心灵都是一个世界，这就是辩证法。只要有哪怕一个人心里装着我们的事业并取得胜利，这项事业就不会消亡。因为会有一个完整的世界，而这个世界的中心就是……"

他用手环指红场一周，红场上的石头已经闪着逼人的黑光了。

"而现在，你必须要记住，奥蒙。你现在不会理解我的话，但我说这些话是为了以后我不在你身边的时候。听着，只要有一颗纯洁诚实的心灵，能够让我们的国家处于宇宙开发的前列就已足够；只要有一颗这样的心灵，能够在遥远的月球上升起胜利的红旗就已足够。一颗这样的心灵是必不可少的，哪怕只有一瞬间，因为正是在这颗心灵中，才能升起这面旗帜……。"

我突然闻到一股浓烈的汗臭味，待我转过身来时，整个人一下就飞到了地上——一个戴着厚厚橡胶手套的拳头重重地把我从椅子上打了下来。

一个宇航员站在我身上，穿着破旧的毡制宇航服。他抓起一个空瓶子在桌沿上敲碎，然后拿着锋利的半截酒瓶俯身向我捅来，我滚到一旁成功躲开，然后跳起身来就跑。他跟在我身后，不知为何，他的动作很缓慢，但是速度非常快，很可怕。从眼角的余光中，我看到了另一个人——他正匆匆忙忙地从支撑"阿格达姆T-3"号船体的黑色木头上往下爬，爬的时候扯下来几个箔片做的星星。我跑到门口，用肩膀撞了下门，但门是锁着的。于是我转身就往后跑，躲开了第一个人，但是撞到了第二个人身上，他飞起穿着沉重磁底靴的脚使劲踢我，目标是腹股沟，但踢中了我的腿，然后他又用一根锋利的天线刺向我的肚子，我又成功地躲开了。我突然意识到，我喝了他们一直翘首以盼的伏特加，也许已经盼了很多年，我真的很害怕。我面前有一扇不大的栅栏门，门上有一个三角形的牌子，上面有红色闪电和"危险！"字样。我向栅栏门跑去。

门后是一条非常狭窄的走廊，里面铺着响声很大的铁皮地板。我沿着走廊顶多跑了五米，就听到身后传来磁底靴沉重的响声,这促使我使劲加快了脚步。我转过拐角,看到一条短小的走廊,尽头是一扇圆形通风窗,窗户上的铁丝网已被撕破,可以看到铁丝网后面有一个不转的生锈叶片。我抽身后退,却突然发现自己离追赶的人如此之近,以至于我甚至感觉追赶我的人不是一个整体的东西,而是组合在一起的一套相互之间没有联系的物件:一个球,套着由做玻璃瓶的有机玻璃制成的面罩,戴着黑色橡胶手套的拳头,上面伸出一个透明的小三叉戟,一股非常浓烈的汗味和镶着白银钢的毛毡上的少校肩章。我在网口后面的通风井里蠕动着,很快就挤进了一个大风扇的叶片之间,风扇就像一艘船的螺旋桨。但当我沿着一个远远通往上面的井爬行时,我的棉袄缠成一团,我被卡住了,像子宫里的胎儿一样蜷缩着。然后下面传来窸窸窣窣的声音,有什么东西碰到了我的脚踝,我尖叫着猛地往上使劲一挣,没几秒就爬了大概两米,挤进了一条横着的支管里。支路尽头是一扇圆窗,可以看到云雾缭绕的地球,我抽泣一声向着窗户爬去。

透过一层薄薄的泪膜,地球显得模糊不清,仿佛挂在淡黄色的虚空之中。我从虚空中看着地球表面不断逼近,我向它挤过去,突然间紧紧包裹我的墙壁分开,地板上的褐色瓷砖迎面向我飞来。

"喂!先生!"

我睁开了眼睛。一个穿着脏兮兮蓝色睡袍的女人俯身看着我,她旁边的地板上放着个桶,手里拿着拖把。

"你是不是不舒服?你在这儿干吗?"

我移开视线,面前的墙上有一扇棕色的门,上面写着"检查截止到7月14日"。旁边挂着一本日历,日历上有一张大大的地球照片和"为了太空和平!"几个字。我躺在一条很短的走廊里,墙壁是蓝色的,周围有三四个门。我往上看,看到日历对面的墙上有一个黑洞,是一个通风口。

"啊?"我问。

"我说,你是不是喝醉了?"

我扶着墙站起来,沿着走廊慢慢走去。

"你去哪儿?"那女人说着,急忙将我转过身来。

我朝另一个方向走去,拐角处立着一个陡峭的、相当高的梯子,顶在一扇木门上,门后传来含糊不清的嘈杂声。

"来吧。"那女人轻轻地推了下我的后背。我爬上梯子,环顾四周,她在下面警惕地看着我。推开门,我发现是一个昏暗的壁洞,里面站着几个穿常服的人。他们没有太关注我。远处传来越来越大的轰鸣声,我向旁边看去,看到了青铜大字:莫斯科图书馆。

"地球。"我突然意识到。

我从梯子下方的小仓库里走出来,沿着站台慢慢走,来到站台尽头的大镜子前。镜子上方闪烁着令人生畏的橙色时间点,提醒我还没到晚上,但时间已经相当晚了,最后一班车在四分多钟前刚刚经过。镜子里,一个许久未刮胡子的年轻人看着我,两只眼睛发炎了,头发非常蓬乱,穿着一件脏兮兮的黑色棉衣,好几处地方蹭上了白灰,就像前一天晚上不知在什么鬼地方睡了一宿一样。

不过,事情就是这样。一个在大厅里走来走去、留着小黑胡子的警察开始盯上了我,当列车驶近时,我毫不迟疑地跨进了打开的车门。车门关闭了,列车带我驶向了新的生活。"继续飞行"——我想。月球车里一半的灯泡都坏了,发出的光因此有些黯然失色。我在长椅上坐下,坐在旁边的女人下意识地夹紧双腿,挪到一边,在我们之间放了一网兜儿的食物——几包米,一包星星形状的通心粉,还有一只装在塑料袋里的冻鸡。

然而,必须要想好去往何处。我抬头看了看墙上挂在紧急停车按钮旁边的线路图,来确认自己位于红线[1]上的哪个位置。

---

[1] 此处红线指的是莫斯科地铁1号线,同时也对应主人公在月球地图上画的红线。